跳痛的單親爸爸

思聖——著

自序

當我產生寫這本書的念頭時，找了幾個比較親近的友人，告訴他們這個構想，遭到近乎一致的否定。我單純地想分享人生經歷，得到的卻是「這個世界比我悲慘的人太多」、「這樣的故事沒有人會看」、「打動不了幾個人」，被很多人潑冷水。世界上有很多角落存在著更令人動容的故事，卻不代表我想寫的故事就幫助不了這塊土地上的年輕人，或者更能幫助一些處境跟我類似的家庭。這樣否定我的論調，反倒更堅定了我非完成此書不可的決心，最近這五年我是靠被潑冷水活下的，感謝那些看扁這本書的朋友，因爲有你們，我要寫書了。

人活著到底需要多大的勇氣？我不知道。

我今年四十九歲，身爲兩個孩子的單親父親超過十五年，就先用這個作爲起點，來談談我的人生拔河。

父親過世十七年，１９９７／１２／１４，肝癌台北仁愛醫院，我隨侍在側痛哭流涕，在同一年我心愛的女兒出生，這時女兒八個月大，兒子剛滿一歲。

母親過世十三年，2001／7／13，大腸癌台北榮總，我隨侍在側痛哭流涕，這時女兒四歲，兒子五歲半。

離婚超過十五年，1999／9／1，台北大安戶政，我心痛在場，晚上獨自一人在自己房裡痛哭流涕，這時我三十四歲，是婚後第七年，從此獨自一人，帶著三歲半的兒子跟剛滿二歲，路還走不穩的女兒，面對一場毫無依靠的單親家庭冒險人生。

父母親皆從大陸逃難來台灣，沒有親戚，雙親過世後我就是個無依無靠的孤兒。

我有四個兄長，從來沒給過我一絲一毫的幫助，還被自家人跟朋友陷害爲銀行的拒絕往來戶，從此工作不好找銀行不借錢，成了低收入戶。

自己正式的學歷是高中同等學歷，沒有一技之長，出社會一直是做業務工作。單親之後一人照顧年幼子女，剛開始僅靠之前工作的一點積蓄維生，也曾歷經工作起伏時好時壞，但反省時間越久生活也就越來越辛苦。

我是無殼蝸牛，四處奔波，爲了安全與方便，盡可能的租離孩子念書的學校近一點的地方。沒有任何存款，在銀行的負債超過三百萬，超過二年沒能力繳健保費。

2010年領過一年台北市低收入戶補助，依我的條件當然可以繼續領，可是我選擇放棄。體重從八十五公斤到現在五十九公斤，我的減肥完全是靠環境而不是靠藥物。

一隻女兒從大安公園撿回來的黑色流浪狗「黑寶」，已經養了六年半，身體還挺健康，能吃不少飼料，我個人的伙食費跟牠差不多，專挑便宜的東西消費，真的不知道我肚子裡裝了多少黑心食品。

最近六年裡搬了五次家，其中一年住在一坪的套房裡，有時一家三口帶著狗，有時女兒不在家回前妻家住，而我睡的空間只比棺材板大一寸左右無法翻身，直到現在頸椎偶而還會有些疼痛。

兒子能念書全靠獎學金，國中、高中各有兩年是成績優異免學費，還不時領取班上成績優異獎金。

兒子到今年上大學前都是吃我準備的便當；女兒只要在家也是我準備便當，我算很會做家常菜，基本上都是爲孩子做的，十五年的家庭煮夫怎麼可能不會做幾道菜。

其他的，諸如衣服破了自己補，馬桶髒了自己刷這種多如牛毛的小事就別提了。

2014／9／15，兒子進入台大醫學院就讀，靠自己實力。

我主要的目的並不是要比較誰的人生悲慘，而是要在生命中跟自己的環境比賽拔河，看能不能做出戰勝逆境的事，這次是挑戰出書。

電影《志氣》我很喜歡，一場激烈的拔河比賽在繩索不同的兩邊展開，參賽的隊伍各挑選出相同的人數，各隊精銳盡出做殊死爭霸，展現出比賽前所有魔鬼訓練的成果，那種不畏寒暑蹂躪、不分日夜操練所流下的汗水與淚水，全爲了比賽時拖動對手這兩公尺的距離，每個參賽的選手站在比賽的場地上，當哨音響起時，臉部肌肉因緊繃所呈現出的稜角會在一瞬間扭曲、抽搐，選手們瞪大著雙眼，表情的猙獰加上額頭爆出的青筋，緊咬著牙根，恨不得把對手給拖過來活剝生吞了，手臂上肌肉的線條牽引著雙掌死命夾緊繩索，這時舉步維艱有如千斤重般顫抖的雙腿使勁後蹬，拼盡氣力榨出身上的每一分能量，堅持住，再堅持住，就是看中間那條紅繩最後倒向那一邊的獲勝區，有時會來來回回偏向不同的位置，那種忽左忽右的現象最令人屏氣凝神血脈噴張，恨不得親自跳下去為自己屬意的那隊，盡上一絲影響勝負的關鍵力量，僅短短的幾分鐘內輸贏就出爐了，有時甚至幾秒鐘就能見眞章，最精彩的部分是參賽者跟觀眾憋住的那口氣，在判定勝負同一時間時釋放出來，驚呼一聲，感覺眞過癮！

這競技場上的比賽講求的是公平，比賽的年齡、使用的器材到穿著跟人數，都會有種種限制，會有裁判，可是回到現實的人生中，你能找的到公平嗎？

那如果比賽中是兩個拉一個，勝算會不會大一點？三個拉一個呢？八個拉一個呢？

你有能力一個人拉倒全部嗎？

現實底下站在我面前的對手來勢洶洶，不只是想把我活剝生吞了，他最想的是讓我遍體鱗傷、屍骨無存，我只要是稍有不愼，便墮入萬劫不復的深淵，我曾經好幾次在地獄的邊緣徘徊著，一隻腳向裡面輕輕的試探了一下，感覺不到熱度，而是刺骨的冰冷，很多人形容地獄是火海，那永不止息的火一直燒著罪惡者的靈魂。我的感覺不同，是冰冷，一種和你漠不相關、令人窒息的冰冷，超冷水，零下四十度都不結冰的超冷水，一滴就會穿透你的皮膚，讓你臉色蒼白全身僵硬的冰冷，既然如此又會是什麼樣的想法阻止你走進深淵呢？

我參加的這場拔河比賽，使用的是一條看不見的繩索，上面充滿了鉤子，不是比力氣也不是用手抓，而是把心臟綁在一起勾住，誰的心臟強度不夠時就會靠近對方，那就會輸，站在我對面的對手是一頭長像極其醜陋，名叫「現實無情又無敵」的猛獸，牠有三個頭，各有各的名字，「現實」、「無情」、「無敵」；六隻手臂又強而有力，力量之大我常會覺得喘不過氣來。有好幾次「現實」張著血盆大口幾乎已經觸碰到我的頸項，只要我願意把脖子向前這麼輕輕一伸，那今天也不會在這打字寫書了，了不起讀者能看看我事先寫好的墓誌銘──「比賽結果我一敗塗地，怨天怨地怨自己怨不得別人，人不夠高腿不夠長錢不夠多家世太差，盼來生。」我寫得很美，瀟灑，也展現了逃避的一面。

但以現在的條件哪有地方安葬呢？就連一棵像樣的樹都難找到，這墓誌銘該刻在哪？

只好又跟電影裡的那一群小將一樣，用力一咬牙加把勁就又過一關，體重也再掉一公斤，面對明天來臨的挑戰只能打起精神且走且戰，因為這頭猛獸不僅不會死，比賽又沒時間限制，根本擺脫不了，就連睡覺他都會來糾纏，除非認輸，比賽結束我也結束。

這人生眞像是一齣戲，有人偏好喜劇，有人熱愛莎士比亞，只要是劇情精彩就會有人喜歡。

而我的人生，開始像是在一處破舊不堪的屠宰場裡跳著自以爲是的舞台劇，被腥臭撲鼻的氣息包圍著我卻渾然不自覺，上台才發現穿著不合身的戲服，除了路過的觀眾會用斜眼偷瞄以外，台下跟本就是空無一人，亂七八糟，胡演一通沒人喜歡看，自己卻沾沾自喜，鑄成大錯。現在起在剩下的生命裡不計較長短，只是一個跑龍套的角色也要演好，用心演出，都會得到喝采，就是一個平凡的單親爸爸。年齡來看沒剩下多少戲分，但也要把握機會襯托出男女主角來。

一個十五年的單親爸爸。

這不是爲了要標榜自己，告訴別人如何養出一個高才生的故事，而是爲了警惕人，別輕易犯下要付出一生代價的錯，是一本反省的書。我們在每件事情發生後，都可能在無助之下做錯決定，以致不停在傷心絕望中徘徊，更別因你犯下的錯而毀了自己帶來這世界的寶貝孩子，孩子如果不能成爲你人生之中最重要的寶貝，那你爲何要生下他？如果你跟我一樣覺得人生在世時，最重要的就是要把子女照顧好，那麼交換一下心得是有幫助的。我多年來最大的收穫，就是從子女身上得到的回饋已超過我所付出的，假設孩子是一支開啓寶庫的鑰匙，那讓我們一起開啓這扇大門，看一個差勁的父親是怎麼學會做好一個父親的角色。

讓我把自己眞實地剖析一番，了解自己帶給孩子多少痛苦，過去十五年裡我有了什麼樣的轉變？這些轉變當中我看見什麼？

這場與現實激烈的拔河比賽離結束還早得很，既便我倒下我都不認爲它結束了，因爲我的孩子已經身在其中了，來自這樣的成長環境裡很多人認爲小孩會懂事地特別快，也會成熟地較早，簡直就是不負責任的胡說八道，多少社會事件的主角是來自這樣的家庭，這就像我參加孩子學校所有的親師座談會裡，總有一群人喜歡把教育子女的責任往不相干的人身上推，頭頂上個個都掛著耀眼的光環，藉此把不負責任講得理所當然，其實這樣的言談跟我做業務時一樣是耍嘴皮子，只是多加了一句：「大家好，我是某某大學的博士」才開始，最後用踢皮球的方式把責任跟子女的學習一起踢掉，小心，只會講「愛自己多一點」背後藏著多大的自私自利，跟你永遠也學不會解不開的死結。

我這樣寫當然沒人會感動，因爲我不賣悲情，我賣反省跟勇氣。

超過十五年與現實拔河、與冷漠的社會拔河、與死神拔河的我應該有資格賣勇氣。

這本書一共分爲三段主要的結構，用二十個故事串連十五年的經歷，從一個人單親獨自教養子女那種荒腔走板的態度開始，在不知不覺下產生的心理問題而犯下的種種錯誤，如何認錯悔改，朝一個好爸爸的方向去努力的故事，希望能搏得喜愛。初寫作不足之處甚多，還望讀者海涵包容本人才疏學淺，不吝賜教。

目錄

跳痛的

單親爸爸

01/衝動

愛情
來的時候找不到容器來容下她
因為太多又太多眼目所及無處不在
只能放任她四處飄散
連呼吸都愛

絕情
輕叩你的背別回頭阻擋
是一把鋒利又鋒利倏忽斬你雙眸的劍
只能用眼睛換她離開
不管怎樣愛

1999／9／1。冰凍三尺非一日之寒，這對麥可來說是一個冷到極點的夏季。

「哥哥在哪裡？趕快來找爸爸。」這是每天都必須跟孩子玩的躲迷藏，麥可一隻手抱著妹妹躲在衣櫃後頭，故意將腳下藍色的拖鞋露出一半來，等著兒子看見然後被抓到，其實這衣櫃也遮不住他的鮪魚肚。

「抓到了，抓到爸爸了。」哥哥的小手上拿著一把黑色的玩具手槍對著爸爸，這是上星期去反斗城買回來的玩具手槍，槍托的蓋子打開加上電池，在玩的時候槍口會閃爍紅色的小光跟連續的嗶嗶聲。

這三、四歲的小男生最喜歡玩槍，被那電子槍聲所吸引，會產生出強烈打擊壞人的成就感，麥可在孩子面前常常扮演被擊倒的壞蛋。

「哥哥你帶妹妹玩一下，爸爸要去看書，明天爸爸要考試如果沒考好會被老師處罰。」這兩年市場上大環境不佳，就在四月分結束了夫妻共同經營快五年的房屋公司之後，麥可選擇去基督書院充實自己的外語能力，希望能增加自己在社會上的競爭力，雖然這間學校有點類似補習班，但校長說文憑還是被國外承認的，剛好可以補起年輕時的荒唐，沒用心把書念好的空缺。

「老媽，妳今天沒去打牌啊！是不是錢輸光了我再給妳點。」麥可回房看書前，先去母親房間問安，看著母親斜靠在床邊看著電視，全是一播再播的老節目，心裡可能在想著其它的事。

「今天不想去，腰有點不舒服在家休息，明天再去。」

「那妳好好休息，我叫外傭等會把妳要吃的稀飯給妳送進房間，我先回房間看書明天還要考試。」

「好，你去看書，別管老媽了。」

「麗莎，等會奶奶的稀飯要先燉好送到房裡，記得少放點鹽。」

「好的，先生。」

父親過世快兩年了，從父親重病住院到快要離開人世前，麥可就把老媽接來家裡住，老人家吵吵鬧鬧一輩子，當身邊最重要的依靠即將離開時，心痛有時是說不出口的，而且他也擔心母親一個人在外面住沒人照顧，就提早接回來家裡住，有外傭照應又有小孫子陪伴可以比較容易走出心裡的傷痛，再從弟兄們一起爲父親辦理身後事時，母親仔細交代每一件事情就可以看得出來，對父親用情之深並非像常掛在口中的恨之入骨，等父親安葬後母親當然就這樣一直在麥可家裡住下來了，轉眼也過去兩年了。

「老五啊！媽不是生了五個兒子嗎？怎麼其他人就沒想過要接老媽去住呢？」這是做母親最常問起麥可的話，尤其是在喝了一點酒之後更是一提再提。

「沒關係，做兒子的誰養老媽不是一樣嗎？有什麼好問爲什麼的，就讓我養妳一輩子不是也很好？從小到大都是妳一人照顧我們五個小孩，實在是太辛苦了。」麥可總是這樣回答母親。

中午飯過後，外傭哄著兩個孩子去睡午覺，他這下才安心再拿出書本來複習明天考試的科目，總算是念完兩學期了，白天跟晚上各念一個學期也挺辛苦的，而母親依然是在自己房間看著電視。

下午的天氣很悶熱，大約是兩點左右吧！突然有人回家的開門聲，麥可探頭一看是老婆還有，岳父、岳母跟大姨子手裡還拎著禮品，這趕緊去房間裡把衣服穿整齊再出來。

「爸媽，大姊，今天怎麼有空來台北？都沒讓我事先準備一下。」

「就是有點事啦！」岳母很客氣的回話。

「麗莎，快去泡茶。」

岳父、岳母是南部殷實的茶農，偶而才會上來台北，有一小段時間沒見到他們，麥可一家也是逢年過節才會下南部，不是很頻繁的來往，但一年到頭還是會碰上幾次面，天氣這麼熱還專程跑來，麥可並不清楚他們的來意，等把茶水準備好，聽見的第一句話是從老婆口中說出來的，這過去幾個月老婆還繼續在原來的工作領域上班，結交了不少朋友常常早出晚歸，爲這事確實發生過一點爭執，但麥可爲了想多念一點書所以暫時沒去工作，這可能是疏離最大的原因吧！

「我今天把爸媽找來就是要跟你辦離婚，我沒辦法再跟你生活在一起了，因爲我過得不快樂，我要離婚！」

「妳說什麼？結婚七年了，爲什麼要突然提離婚這件事，孩子還這麼小要怎麼照顧？」麥可回答。

「妳是不是有什麼事瞞著我？」

「就是跟你生活在一起不快樂了。」

兩人曾經非常快樂，可這兩年麥可父親過世，孩子又小母親又接回家住，瑣碎的事會多一點，一句不快樂就可以離婚嗎？責任呢？他被這句話驚嚇到，感到一陣暈眩甚至是手輕微地發抖，這是生平第一次有心如絞痛的感覺，父親過世時傷心痛哭，但明白那是人生不可避免的悲傷他還能承受，但今天這麼突然又這麼大的陣容來家裡，事前讓他毫無防備就是非要達到目的不可，知道麥可在長輩面前不會有過度的情緒反應，想必此刻正在小房間換裝，準備出來問候親家的母親應該是聽見了，否則不會尷尬的打完招呼就匆忙轉身離開家。

時間過去二十幾分鐘，麥可所說的話好像沒人在意，看見四張已經把他當成陌生人的面孔，不知道該要如何挽回，只是一味的說最近除了上學校念書就是待在家裡，這樣的語言不斷的重複，講這些話根本無濟於事，此刻除了他以外才是真正的一家人，內心的驚恐完全凌駕在理智之上，更毫無準備，也沒時間考慮從今以後可能要面對的連鎖反應，一個人照顧孩子做得來嗎？

「如果妳真的這麼堅持，那小孩子的監護權歸我，妳放棄所有的權力包括探視權，孩子由我負責扶養長大與妳無關。」他原本想用孩子來綁住老婆留下，但說出這句話後像是正中下懷，在場沒人表示反對。

「好啊，那現在去戶政事務所辦手續。」孩子的母親毫不猶豫的說。

「要立刻去嗎？」麥可用顫抖的聲音詢問。

「對！」絲毫沒有轉圜的打算。

「那等我先去把離婚協議書印出來。」所有能拖的時間都用上了，就是希望能改變點什麼，最後還是沒有做到他所想要的改變。

當把離婚協議書放在桌上時，似乎意識到了這件事早已默默在進行了，簽完字後，麥可說。

「爸媽對不起，沒把你女兒照顧好，現在交還給你們，真對不起。」雙膝下跪給岳父母磕了三個頭，頭撞在墨綠色的大理石板上發出吭吭的響聲，說完最後幾個字時，臉上的淚水已經完全止不住的向外竄流。

「三點，在大安戶政見別遲到。」換回一句冰冷的回應。

麥可起身擦拭完眼淚，請岳父母把禮盒帶回去，回房後才發現女主人的東西早已搬空，只剩下幾件衣服擺擺樣子，再走進孩子跟外傭的房間，看見兩個寶貝孩子睡得很香，剛才所發生的一切似乎都沒干擾到他們的午睡，與他們無關，其實不然，從此刻起，他們被帶離一個正常成長的軌道了，誰都沒法預料的未來，一個三歲半的兒子和一個二歲多的女兒，在接下來的日子裡會發生什麼事一無所知，這麼做真得是非常危險的賭注，很多失婚後的家庭悲劇，大部分是沒準備好如何面對往後的問題，因爲眞的是太多太可怕了。

趕到大安戶政把手續辦完，拖著疲憊的心靈回到家裡，孩子已經起床吵著要去公園走走，麥可看著一臉天眞稚氣的兩個小孩眞是可愛，心中就弄不明白，是自己已經令人討厭到可以放棄孩子也要離婚的地步嗎？

「爸爸已經超過去公園的時間嘍！動作快。」兒子開口催促。

「別急，先讓爸爸喝口水。」

這外頭的天氣熱得令人頭昏，麥可心裡的冷跟空虛卻不停的放大，只能暫時壓抑著心裡的傷痛，牽著兩個孩子到公園去散步，玩他們最喜歡的溜滑梯，看著他們天眞毫無憂慮的在公園裡盡情的奔跑，一個八十五公斤的小胖子，獨自一人坐在公園的角落，兩眼凝視著滿地的落葉，竟能不自覺的流著眼淚，爲什麼只是少了一個人，就會突然在心理上造成這麼大的空洞，爲什麼會這麼不安呢？就不能把她當成是出差或是出國深造嗎？這樣想是不是簡單很多，總不能陷在這樣的情緒裡過著日子，那會多難熬啊。

「哥哥小心點，注意妹妹的安全，別跑太快，牽著妹妹的手。」麥可喊著。這稀鬆平常的一句話都能讓他的心抽痛一下。

遠遠望著孩子邁開小小的步伐，每跑一步他心裡就產生一股莫名的恐懼，以前不覺得那樣的動作有什麼危險，可現在看起來卻覺得提心吊膽，萬一摔跤怎麼辦，萬一撞傷怎麼辦，腦子裡產生奇怪負面的思想卻又停不下來，不知道向誰求助，更不知到一個大男人可以向誰求助，只能一個人靜靜的坐在一旁等孩子玩累了在一道回家。

母親從下午看見親家上門後，面對那尷尬的一面就出門了，一直到過了晚飯時間都沒回來，或許是不知道該說什麼，能暫時避開會比較好，麥可站在陽台上著急的觀望，接近九點才看見她老人家從巷口走進來。

「老媽吃過飯沒有，我讓麗莎把飯菜熱一下。」趕緊開門就說。

「不用，我在你大哥家吃過了。」

「妳去大哥家啦！他們還好嗎？」

「我跟他說好了，下星期我就搬過去住，反正我在你這也住了兩年多了，你姪子都大了去當兵了，有一個空的房間給我住，要是我眞住不慣再搬回來住那也行。」

麥可不知道母親決定的這麼突然，是不是跟今天離婚有很大的關係，但眼前最親的人卻是接二連三的離開身邊，剩下的是自己要帶著兩個孩子跟一個外傭住在這租的房子裡。

「媽！我又沒嫌過妳，住得好好的爲什麼說搬就搬。」

此刻母親的離開好像是找到一個正當的理由，怕會再增加兒子的負擔，而麥可心裡眞正的負擔是承受不了親人的一一離開，從父親到妻子現在是母親。

「你爸過世後，我都沒在任何人家裡住過，你現在要帶兩個小孩還要照顧我這個老人，會給你添很多麻煩，等以後孩子大一點我再搬回來就好了。」

麥可最終沒找到堅持下去的理由，只能選擇默默的接受，跟離婚來的一樣突然令人不知所措。

可是卻沒想到從此自己的心態已經開始扭曲，眼睛睜開後所面臨的生活裡，盡是充滿了虛假與逃避，不僅是用狂妄自大來掩飾心中的恐懼與不安，甚至是脾氣也開始變得暴躁沒有耐性，該好好講的事喜歡小題大作，明明事情嚴重卻裝作視而不見無關緊要。

眞像是一個脫離軌道的衛星，會飄向宇宙的哪個角落不得而知。多半是進入宇宙墳場成爲一堆廢鐵，他心想這應該就是他的宿命。

衝動

因為害怕
越是影響長遠的事越不能立即做出回應
尤其是看不見的決定
誰有本事看見明天會發生的事那就更遑論未來十年二十年
子女的扶養不能靠衝動來解決
這是害人害己的開頭
就算沒有情沒有愛
簽字前
先想想你要怎麼過這十五年

02／生病

心病是一種沒藥醫的病
無形卻揪心的痛
天底下的人都生過病只是好的快跟慢而已發現的早與遲而已
最嚴重的是不肯面對現實選擇逃避與麻痺
那短暫的止痛帶來的後遺症
有時
連醫生
都束手無策
人生重大的轉折都會生病
不管是憂是喜
都有心病

「爸爸，媽媽怎麼都不回家？」兒子問。

「因爲她要賺錢養家啊！所以要去上班。」

「那爸爸爲什麼不去上班，賺錢養家？」女兒問。

「爸爸要照顧兩個可愛的心肝寶貝啊！」然後三個人抱在一起笑得開心。

麥可的口中從沒說過跟孩子母親已經離婚了，爲了孩子成長的過程裡能保有比較多的快樂而不是悲傷，才兩三歲的孩子是不會懂什麼叫作養家餬口，只要父母有一方能陪著他們學習成長，給兒女一個安全的空間才是重點，他想在家裡做一個全職的父親，至於這個角色能做多久，那不是他現在能決定的，反正做到不能做爲止，這是一個極度危險的觀念，可是他自認很正確，學會把自己的不幸歸責於老天，如果上帝非要他死又能怎樣呢？這個社會天天有人活不下去，什麼時後會輪到他就讓它自然發生吧！

「老媽，妳搬去住，要是住不習慣再搬回來。」

「好了，我知道，你進去吧！」

「麗莎，幫奶奶把東西拎上車。」

「我知道，先生。」

麥可的母親終於還是搬去跟他的大兒子住了，這家裡的氣氛也開始轉變，麥可雖是一家之主但做起事來處處受到限制，行爲上還被迫作出逆成長的事情，每天要跟國語都說不清楚的外傭交代該作的每一件事，必竟對方是一名女性又必須保持一點距離，也不夠放心外傭一個人帶著小孩，怕孩子講出來的國語有些怪腔調，甚至怕孩子頭腦會變笨，人雖然不應該有任何歧視人的心態，可是他心理上對任何事務的擔心害怕變得更嚴重，天下有哪一個父母會願意，讓孩子成長的過程完全是交在外傭的手中，所以麥可選擇放棄念書了。

「校長，我來辦休學。」

「不是念得好好的，成績也不錯，爲什麼不繼續念下去。」

「家裡有些私事要先處理，以後有機會再來讀書。」

在基督書院的兩個學期都是第一名，這雖然不是正式的學歷，只是心理上的失落感加重了，失去了上進學習的機會，爲了照顧孩子不得不留在家裡，把自己裝得像一個小孩一樣，整天童言童語，用小孩的方式跟兒女交流，不斷提醒自己，用兒女懂的語言來慢慢教，心態眞的會影響一個人的成長，他開始越來越幼稚，處理事情的能力也開始變差，過去賴以維生的業務技能漸漸遠離，不知不覺離開社會走向邊緣，成爲社會上的邊緣人，他常暗自祈求上蒼讓他有能力扶養小孩到念完小學，起碼兒女能有活下去的機會。

「麗莎，妳遣返回國的通知書寄來家裡，下個月就得回去了，有什麼要準備的或買的東西這幾天去辦一辦。」她是唯一還不想離開我們家，卻又不得不離開的人。

「我知道了，我會去準備。」

屋漏偏逢連夜雨，離婚才兩個星期，先是母親搬走了，這才沒幾天就接到麗莎的體檢報告過期要被遣送回國了，這台北市政府對小市民確實有一套，當時因爲忙些瑣事帶她去醫院體檢晚了三天才把報告寄出去，這下就非要遣返以彰顯法制，任憑麥可陳情申訴也於事無補，眼看這期限是十月就要離開了，這不僅要帶孩子還要趕快學會買菜做飯，一輩子也沒進過幾次廚房，該從何處下手都搞不太清楚，但又不能拖著兩個孩子每天去小吃攤！萬事起頭最難，只要肯踏出第一步總比坐以待斃來的好。

「麗莎，從明天起妳負責把家裡打掃乾淨，小孩的房間衛生要特別注意，衣服洗好燙好再給孩子穿，買菜燒飯的事都由我來做。」

「是的，先生。」

麥可沒想到這上菜市場買菜是一件這麼困難的事，不知道怎麼挑菜、不會討價還價、更不敢跟菜販要什麼蔥薑蒜，只會傻傻的一個人站著發呆不像是買菜，到像是派到市場的觀察員，一個小時的買菜時間就帶了一隻煮熟的燒雞回家。

「爸爸，今天買什麼菜給我們吃？」女兒是最愛吃的，每回麥可出門就問他買什麼好吃的給他們兩個寶貝吃。

「帶了你們最喜歡吃的燒雞。」

「爸爸，眞厲害。」

第一次上菜市場是徹底的失敗了，可是回到家還是受到孩子熱烈的歡迎，不斷誇獎他很會買菜，買了兒女都愛吃的燒雞，而且是已經煮熟的烤好的，但這跟速食店的炸雞沒什麼差別？

差不多一個星期的時間，漸漸學會怎麼買菜，有些攤位特別貴，強調自己是有機的青菜，有的把胡蘿蔔拿刷子刷過就多賣二成價格，賣豬肉的總有比較好的肉留在檯面下給熟客，賣魚的永遠用最便宜的魚吸引顧客，其它都貴的嚇死你，水果絕對不要在市場裡買，要去水果攤，買完菜只要跟菜販說今天別給蔥他就會送你薑或辣椒，這就踏出家庭煮夫的第一步了，麥可想應該可以稱職的扮演好父兼母職的工作，原以爲自己調適得不錯，應該可以慢慢走出傷痛，就在帶孩子去公園的一個下午，才發覺他其實還是這麼的脆弱不堪一擊。

１９９９／９／２０是個風和日麗的下午，吃過午飯也是最忙的時間，麥可注意天氣變化，等兩個小孩睡完午覺，就要帶兩個小朋友去公園走走，這是固定的行程，孩子天眞的小臉上那種無邪的笑容是他最大的滿足感，他依舊靜靜的坐在角落陪著孩子，這時身後有一個熟悉的聲音響起。

「李先生，你也帶孩子來公園玩啊！你這兩個小孩眞像是雙胞胎，可愛極了，怎麼沒看見你老婆呢？」這是他以前服務過的客戶，就這麼簡單的寒暄問候，卻讓他感到心痛，快要窒息而無法回答。離婚了這三個字竟然說不出口，不是已經展開新生活了嗎？就大方的告訴他離婚了！可是小孩在旁邊又不能講錯話。

「是陳大哥啊！我在家帶孩子老婆去上班了。」

「你眞是好福氣，討個老婆賺錢養家，不像我們累個半死要養一家子人。」

「你才眞是好福氣，我比不上，你老婆會持家又能幹。」

「會持家沒用，要會賺錢。」還用手比出一個大拇指來。

要不是孩子還小，麥可眞想找根繩子上吊死了算了，只好無奈的笑了笑，表示認同。

從這一刻起他整天的情緒都開始不對勁，心裡發慌不敢再經過以前常走的地方，害怕在路上碰見任何一個熟人，討厭有人問起他的家庭，覺得馬路上的人眼睛都是在盯著他看，一定是認爲一個大男人不去上班，左右手各牽著一個二、三歲的小鬼，八成是個好吃懶做吃軟飯的傢伙，腦袋裡產生的想法就是不肯放過他，掙扎著將外表裝得很瀟灑，卻又像是不斷拿著把利刃劃向自己胸膛，不明白爲什麼心好痛，逢人卻又笑得更開懷？遇見熟人還裝出一副前所未有的愉快與解放，心理可能是有病，這個社會允許一個三十幾歲的大男人生病嗎？心裡很多話卻無人可說，連老媽都搬走了，可以找誰訴說一下心中的委屈？誰能幫忙帶這兩個可愛的孩子呢？所有心裡產生的疑問沒有任何一件是可以解決的，這社會不是一個眞正會幫人的社會，除非能從中得到名或是利，否則自己的親人又怎麼會袖手旁觀？兩個可愛的兒女又不是自己想來的，是一對夫妻在恩愛時留下的產物，就算是緣盡情滅也要對孩子負責，這種事情在夫妻沒發生離異前，人人都會冠冕堂皇的說上一段，一旦事情發生之後經常是推的乾乾淨淨避之唯恐不及，尤其是這種事誰也沒經驗，並不能預測到後面會發生的危機，再說麥可也不是生長在一個富裕的家庭，光靠過去幾年工作的積蓄撐不了多久，要不是他母親還在世兒女又太小，實在不想留在這醜陋的人世間，在這個世上唯一可以感動他的就剩下兒女的笑容，這是他活下去最大的動力，他已經很久沒有酗酒了，而且明知道這是很壞的習慣，也不是要替喝酒找盡藉口跟理由，只是很想放縱自己肆無忌憚的鬼吼鬼叫，這天晚上約了幾個以前的老同學去唱歌想來個不醉不歸，大夥正陶醉在杯觥交錯鬼哭狼嚎之際，一陣天旋地轉上下跳動，當時他身在十五樓，搖晃劇烈突然眼前一片漆黑，驚恐之餘毫不猶豫的摸黑從安全門一路衝到馬路上，立刻跳上計程車趕回家，不僅頭腦瞬間清醒心跳加速不停催促司機。

「司機大哥，麻煩你開快一點，我趕著回家看小孩，拜託。」

「好，我盡量。」

「拜託你再開快一點。」

剛才搖晃得很厲害，怕家裡有甚麼東西打破，會有玻璃碎片傷到孩子，心裡也在想著孩子現在看不見爸爸會怎麼樣，那驚心動魄的震動是生平第一次遇見，麥可不是怕地震是怕再也見不到孩子了，這讓整個人懊悔不已，幹嘛沒事趁兒女睡著跑出來喝酒，趕回到家凌晨二點左右小心翼翼的開啓大門。

「爸爸，你跑去哪裡？我都看不見你啦！」女兒哭得委屈。

「爸爸去找手電筒，我這不是在家嗎！」他心裡十分自責。

外傭抱著女兒哭著到處找爸爸，麥可趕緊接手抱著心肝寶貝女兒頻頻道歉，幫她泡好牛奶拿著她專用的小毛巾哄著她睡覺，一個兩歲半的女兒要是失去父親會是一個什麼樣的人生，他不敢往下想，兒子睡得很香並沒發現他出門，很慶幸全家都沒發生意外，這畢竟是震驚中外的九二一大地震，數千人在瞬間失去生命失去親人，更讓他清楚意識到對子女的關愛遠遠超過顧慮自己的安危，生命中的一雙兒女，是他精神上最大的依靠，但在接下來的歲月裡他依然有借酒澆愁的時候。

「麗莎，照顧好自己，有機會來台灣玩記得來看我們。」

「好的先生，再見。」

終於到了外傭離開的日子，送外傭上了接走她的專車，麥可這心裡居然又空了一塊，眞是越病越嚴重，就連一個雇用的外傭離開他都會感到惶惶不安，那種沉悶彷彿是天空的顏色又暗了許多，孩子們的眼神裡充滿著不捨又一直追問阿姨什麼時候回來，他只能回答：「別難過很快就回來了」，並沒說出標準答案，「不會再回來了，跟你們的媽一樣去追求自己的快樂了。」

此刻是真正一個人牽著兩個孩子，左手一個二歲半的女兒，右手一個快滿四歲。

怎麼辦？

路該怎麼走？

心在痛！

沒人看得懂卻只會叫你堅強，堅強能當飯吃嗎？能給孩子未來嗎？

能在麥可去買菜的時候顧小孩嗎？

更有一種人不斷講一些更不幸的故事給你聽，彷彿你已經是最幸福的一群人，該懂得知足惜福。

這群人眞該死，像是把人推向懸崖的聖誕老人，以爲是在送禮其實是在害人！

03／失去

連狗都離開了
不停在減少
像個沙漏
就是因為曾經擁有
如今消失
那是一種無力感
這個狀態持續在放大那就不只是看的見的實體連看不見的內在也在動搖
有可能侵蝕掉你的靈魂
這才是
真正的失去

這要講到兒子湯米快出生的那一年夏季，1995年9月裡的某一天，麥可騎著摩托車在公司附近拜訪客戶，那是公園附近的一處住家，車子慢慢地騎經一條小巷，聽見旁邊的水溝裡有很微弱的叫聲，他好奇把摩托車停在路邊探頭一看，原來是一隻出生沒多久就被丟棄的小黃狗，牠的眼睛才剛睜開一半，尾巴被剪掉只剩下一小截，卻被丟在那裡等死，麥可有點衝動沒考慮太多，就把牠從水溝裡撈起來抱著，回到公司附近的獸醫院請醫生爲牠診治，起初醫生很猶豫的看著他說：「這只是一隻雜種狗，肚子裡都是寄生蟲你確定要醫治牠嗎？光打預防針跟用藥就不便宜，要二千多塊。」麥可立刻就掏錢付給醫生請他治療，感覺這個小傢伙看起來挺有趣的。

醫生又說：「那牠要叫什麼名字？我要給牠作個身分證，留下醫療記錄。」

麥可站在小黃狗面前左思右想，突然靈機一動，肯定地對醫生說道：「發達，沒錯就叫發達。」這讓他想起家裡原來一隻白色小蝴蝶犬的名字叫「妥當」這隻叫「發達」眞是再好不過了，就決定把牠養在公司裡，一隻名叫發達的狗在公司實在是太棒了。

這隻狗的聰明才智是罕見的，牠完全不用栓狗鍊也不會亂跑；會坐摩托車，騎再快牠也不會掉下來；能認得所有的員工跟鄰居，顧家又盡忠職守，有一回被麥可前妻騎車帶出去在半路給弄丟了，怎麼找也找不到，當時麥可人在國外，等回國時已經是失蹤的第五天，回國後處理的第一件事，就是去捕犬大隊看是不是被抓走，結果在裡面待了十分鐘，出來後呆坐在車上獨自哭了快半個鐘頭，沒見到發達卻見到上百隻待宰的各類名犬，有那種幾萬幾十萬的名犬當然也有很普通的狗，牠們的下場都是一樣安樂死，他心中害怕發達已經被宰了，爲自己的狗跟將死的狗哭紅了雙眼，經過的路人還用很異樣的眼光看著他，其實那時的麥可還是健康的，只是因爲難過敢哭高興敢笑，父母還在妻子兒子也都在身邊。直到第七天的早晨他去公司上班，老遠就看見一隻狗蹲坐在門外，他幾乎不相信自己的眼睛，趕緊衝到面前一看眞的是發達，牠見到他高興得又叫又跳，麥可趕緊開門讓牠進去公司吃東西跟喝水，牠吃完東西一覺睡到第二天才醒過來，他們沒辦法用言語溝通，但麥可知道牠在外面吃盡了苦頭，千辛萬苦才回到家裡，是做爸爸的沒能把牠照顧好，才讓牠受罪，現在居然還要做出把牠送走的事來。

麥可離婚以後，家裡人手開始越來越少，每天一早要買菜、燒飯、洗衣服、帶小孩，每件事都要做，最重要的是兩個小孩子都還是要抱著的階段，尤其妹妹走路都還不太穩，眼睛一刻都不能離開他們身上，哪還有心思再好好的照顧發達，牠經常是有一頓沒一頓，可是牠的忠心是永遠不會改變的，有幾次麥可回到家裡發現發達不在家門口，居然是在鄰居家的陽台裡面，然後鄰居再把牠放出來順便跟麥可打招呼，這天隔壁鄰居是鼓足了勇氣開口對他說話。

「李先生，自從你們家搬來以後這條街上就沒出現過小偷，因爲你養的這隻狗實在太聰明了，只要有人一進巷口，牠就能分辨是不是住在這裡的人，保護這裡所有進出的人，我們全家都很喜歡牠，其實我每天都有餵牠吃一隻雞腿，以後也會天天這樣做，如果你放心就讓我們來養牠，我們一定會好好的照顧牠的，但是會把牠帶去工廠當警衛可以嗎？」

鄰居一定發現麥可最近沒好好照顧發達，便在此刻趁虛而入，但他有種無可奈何的感覺。

「工廠，什麼地方的工廠？」

「在新竹，你隨時可以來看牠，我們自己經營的工廠。」

這時麥可才發現原來發達還在他們家裡沒回來，應該是剛吃完雞腿吧！

而且也聽到鄰居的兒子在逗牠玩的聲音：「小黃乖，要聽話我來幫你洗澡。」

心想改叫小黃才剛吃完雞腿又在洗澡有人陪牠玩，如果再繼續叫發達就是吃剩飯，已經快兩個月沒幫牠洗澡了，光照顧兩個孩子已經忙不過來了怎麼陪牠玩。

「那就麻煩你們好好照顧牠，讓牠開心的活下去。」

「一定會，您請放心。」

從這天起麥可再也沒見過發達，因爲第二天一早就被鄰居帶去工廠了，如果牠還活著今年也快滿二十歲，他唯一留著的是小時候抱著牠的合照，每當想起這段往事就會看著照片，對著相片說是爸爸對不起你，實在是因爲當時弟弟、妹妹太小了，一個人又分身乏術，僅短短四年多的緣分就畫上句點，他眞不知道還能承受失去什麼，所有最熟悉的人事物都在轉變，只祈求孩子能快點長大。

「哥哥跟妹妹，爸爸去買菜，你們在遊戲房不准出來，不准動任何危險的東西，知道嗎？要乖。」

「我知道，會乖。」哥哥比較膽小，但他更擔心妹妹會闖禍，麥可只能快去快回，每天都要上演提心吊膽。

在母親搬走後，他把空出來的房間布置成孩子的遊戲房，盡可能製造出歡樂的氣氛，讓孩子在快樂中成長，裡面堆滿了各式各樣的玩具跟電動，兒童漫畫跟拼圖，白天是一個陪著孩子玩樂的爸爸，到公園去騎腳踏車學直排輪，想利用最有限的時間，讓孩子把童年該學的都學會，因爲他不能確定什麼時候兒女會開始失去童年的歡笑，總有一天他們會發現自己是在一個單親的環境下長大，那時心態上會產生的自卑或者委屈，必然會影響他們的成長，所以必須在他們還沒有這種負面的心理前用盡一切的力量愛他們，當作是愛的儲蓄，等到眞瞞不住的那天，看能不能抵擋現實社會下的異樣眼光，他希望兒女覺得自己是被愛包圍著長大並沒有與眾不同，不要有心靈受到傷害的感覺。

「妹妹！妳的奶奶趕快喝，喝完繼續睡，爸爸幫妳趕蚊子。」麥可用手輕輕拍著女兒的背，心在想她這半夜不喝牛奶就哭鬧的習慣什麼時候才要改變過來。

小兄妹倆睡在同一個房間裡互相依靠，每天凌晨兩點半是女兒要喝牛奶跟換尿布的時間，所以他從沒有一覺睡到天亮，鬧鐘總是要調整好時間起床泡牛奶，這一醒來想再入睡有時十分困難，就開始替孩子在房間裡打打蚊子抓抓背，等他們睡了再說，這樣的行爲一直做到今天都沒停過，只要兒女一睡覺他就會去他們房間打蚊子。

一天當中不會都有陽光，吃過晚飯做完家事，陪著孩子看完卡通片、洗過澡上床睡覺，這夜深人靜時麥可一個人坐在客廳裡，心情也會焦慮不安起來，看著存摺的金額不斷的下降，每個月的開銷不斷的增加，好像面臨一道無解的難題，到底是繼續陪伴子女重要，還是爭取自己未來的人生重要，始終無法戰勝自己，他選擇爲兒女付出全部的心力，這又是一句不能說出口的祕密，只能深深的烙印在自己心裡，因爲不懂的人覺得他幼稚，人都活不下去了還談什麼愛子女；懂的人覺得他偉大，但終將面臨死路一條，不管怎麼樣將來肯定都會是個製造麻煩的人，所以朋友開始減少與他來往。

才離婚短短一個多月身邊親近的人相繼離開，他就連狗都留不住了，心理上的困擾造成他的想法已經開始被綁架了，潛意識告訴他自己付出任何代價也要留下身邊的人，即便他現在回想起來幾乎找不到值得珍惜的朋友，可是爲了不讓任何人看清楚他的內心世界，只好又持續戴著假面具，表現一副自己獨特的強勢，沒錯他是單親獨自一人照顧兩個小孩，但出門吃飯喝酒都會搶著買單，只爲了在需要找人說話的時候，確保他們會隨叫隨到，像是刻意昭告天下身上的錢永遠花不完，別離開他，這樣的舉動讓他的處境更加困難，可是他卻想沉溺在別人的讚嘆聲中，幫自己找到存在這世上的價值，像是個吸毒上癮的毒犯，因爲心中的病情不斷的加重。他愛子女的心意是完全的付出，而孩子天真的笑容就是回饋，但他卻找錯了肯定價值的方向，越想得到別人對他的認同、肯定甚至讚揚，只好沒事就把這群吃喝玩樂的朋友找出來，花錢聽聽他們的奉承，鞏固他活著的核心價值，繼續一個人努力把孩子照顧好。

「大哥，現在這個社會單親家庭不少，但能活著像你，照顧好小孩又能到處吃喝玩樂的卻不多。」

就是類似這樣的言語他就心甘情願的付帳，而這樣的事又持續做了十年終於撐不住而崩盤了，甚至是負債借錢都還要請客吃飯，這不是病是什麼？其實不止十年，他從還沒出社會就喜歡裝闊氣，明明沒條件也要搶著當冤大頭，人家有田有地的都沒他大方，卻自以為瀟灑，以為這是被大家看得起而敬重他，真是不自量力，如今眼前的一切足以證明他的所作所為有沒有價值，現在清閒了，手機的電話一個月加起來差不多兩通甚至沒有，以前一天起碼有十通電話，這五年清閒了，已經沒人跟他聯絡了，因為他成為一個不會搶著買單的人了，甚至是出門身上根本沒錢可帶，人會離開狗會走不是沒理由的，在現實的社會裡是自己太失敗不懂珍惜跟保護自己。

他以前幫助朋友常常是一句話。
現在找朋友幫忙說上幾天幾夜還是一個，「不」，這還是肯聽的，
否則直接裝忙。
以前見朋友只要一通電話全員到齊。
現在智慧型手機就直接被封鎖。
以前各個見面叫他大哥
現在反過來叫他們老闆還不大理人
以前開賓士車。
現在只有一部九年的破摩托車。
誰想見他。

04／孤單

真正的孤單
成為孤兒
當最親的人接二連三的從身邊消逝
那種哭過以後的感覺
不斷跟自己對話覺得沒人懂你
唱著歌默默流淚
應該都算是
還好
有子女在身邊那麼就肯定不是
有天真有笑容有吵鬧
不會是

「如果非要把這份愛加上一個期限，我希望是一萬年。」

看起來人世間最珍貴的愛莫過於男女之間的愛情，所以才會出現這麼令人印象深刻感人的對白，每個沉浸在熱戀中的情侶聽見了應該都會被它給融化，深深的相信愛是可以存在一萬年的，麥可也曾經天真的相信兩情相悅的愛情是可以排除萬難，不需要刻意包裝爲赤裸坦誠、勇往直前的。

如果眞是有所保留形成互相拉鋸和消磨精力，等到精疲力盡後，應該不能稱爲愛而是一種折磨，那時就看誰先找到逃脫的空隙，趁勢離開，但若要毫無保留的釋放自己的愛情，萬一遇人不淑又可能造成身心受創痛苦萬分，這又需要相當大的勇氣和創傷後恢復的能力，所以有人怕受傷一輩子都在談沒結果的愛情，目標只有性，認爲這個部分的滿足就是偉大的愛情；另有一些人一輩子只談過一次戀愛就受傷慘重，無法復原，原地踏步，這進也不是退也不是就叫做愛你一萬年。

愛其實是簡單而且單純的，沒那麼轟轟烈烈。

愛一個人如果期待回報，那種有目的的愛一開始就注定要失敗，更別在那份愛後面加上期限，因爲期限越長你越痛苦，不如簡簡單單的一輩子就夠了，大家都會老、會死。做人子女時不懂得愛父母，做人父母時不懂得愛子女，那是不配得到任何一種愛的，唯一會得到的是一種虛情假意的僞裝在不斷的循環，因爲愛的出發點是相同的，只是對象不同方式也略有不同。

「哥哥，馬上要上小學了，已經是長大了要做大哥哥了，會不會看好妹妹？」

「我會。」

「不要讓妹妹被欺負喔？」

「我知道。」

麥可睜著眼睛看著牆上的鐘感覺時間過得很慢，回頭想想過去又覺得光陰似箭時光飛逝，一個人帶著兩個孩子，從一開始的新手轉眼過去快兩年了，兒子上幼稚園大班、女兒小班，銀行戶頭的錢也差不多快用光了，能賣能變現的也都差不多賣光了，看著離兒女小學畢業還有一段距離，原本的計畫是只要等子女念完小學就算對得起他們，這還得再撐過好多年的時間該靠什麼撐呢？該是要面對現實出去找工作，可每當一想兒女怎麼辦？要有人照顧！不能丟在路邊！雖然電視上常有新聞報導，說五歲的小孩就會持家照顧家人照顧弟妹，但要他把兩個小孩丟在家裡不管實在是放心不下，他認爲社會上有更多父母不照顧小孩所產生的家庭悲劇，只是沒被新聞報導出來，不是每個孩子都能承擔此大任。

「哥哥，爸爸去上班賺錢，你會照顧好妹妹嗎？」

「要照顧什麼？」是啊！一個五歲多的兒子該照顧四歲的女兒什麼呢。

「不可以玩火，不可以爬高，不可以摸插頭，只要有危險就不能做。」

「什麼是有危險？」對啊！大人有時都分不清楚的危險卻要五歲的孩子明白，也太爲難他了。

這兩年他聽到最多的語言就是口惠而實不至，不敢說是風涼話但也差不多，幫得上忙的淨說什麼，要好好帶孩子！萬事不求人！子女帶好就是未來的希望！靠山山倒，靠人人跑！我們自己的負擔不比你輕！講出一堆廢話不如兩罐奶粉，幫不上忙的還是在他面前大哥長大哥短，吃吃免費的飯菜喝喝酒，所以無論如何都要帶大兒女才對得起孩子，他完全明白一件事，在他活著的時候都沒人肯幫忙了，如果現在死了小孩就只能送進孤兒院了，這跟一開始所立下的心願，不希望兒女身心受創又有很大的違背，非得找個工作活下去。

這才剛立定志向要開始準備工作，就接到通知說母親前幾天在浴室不小心摔跤大腿骨斷了，過去幾年麥可是跟母親在一起生活的，從來沒讓她吃一點苦頭，其實要照顧母親不難，她又不愛給人添麻煩，只要稍爲謹慎一點，別讓浴室太滑、太潮濕了，這老人家身體還很硬朗，每星期要打三天牌，怎麼突然會發生這樣的事，父母老了跟子女一樣都不能離開視線，他這又趕緊帶著小孩去探望奶奶。

「都過來叫奶奶，祝奶奶身體健康。」

「奶奶身體健康。」兩個小孫子的嘴都很甜。

「老媽，妳怎麼瘦成這樣，爲什麼都不跟我說，眞是的。」其實麥可這一兩年也沒多花時間關心她老人家。

「老媽老了沒關係，胖瘦都不重要，等我好了再去你家看孫子。」

「當然好，妳趕緊把身體養好，這才是最重要的，想看孫子，我帶他們來就好了。」

兩個小孫子在病床前跑來跑去，母親原本就比較纖瘦的體質已經瘦到皮包骨了，孫子都還小也不敢多打擾奶奶的休息，就想等她慢慢恢復後再去看她，其實麥可心中有一種莫名的氣，氣母親在家住得好好的非要搬去跟大哥住，現在受了這麼嚴重的傷要多久才會好，這不是自己找罪受嗎？這才過了沒幾天又從醫院接到通知，說因為這次摔斷腿作檢查發現母親已經是大腸癌第三期了，要住進榮總安寧病房接受化療，在麥可趕去醫院跟醫生談完病情之後，已經知道孩子還沒變成孤兒前，他們的父親已離孤兒不遠了。

「我母親的身體狀況怎麼樣？麻煩醫生請你直說。」

「李先生，你母親身體很虛弱，現在體質很差，不適合開刀，應該先做化療看能不能改善，不過你要有心理準備，這事只能盡力改善不會拖太久。」

「你的意思是，她的生命沒剩下多久的時間嗎？」

「是的，半年到一年，甚至更短。」

兒女念幼稚園每天需要接送，母親住在榮總，麥可每星期都要帶著孩子抽空去陪她，拖著兩個孩子這一南一北光車程要一個多小時，幾乎已把醫院當成是假日的旅遊勝地。

「爸爸，今天還是要去看奶奶嗎？」女兒問他。

「對啊！你們快去把衣服穿好要準備出發了，還有帶給奶奶的小禮物別忘了。」

每逢假日女兒就吵著要出門去走走，平時都是帶他們去動物園，小朋友都喜歡看小動物，百看不厭，現在奶奶住院不能去動物園只好帶著兒女老往醫院跑，他們還會挑一些小玩具給奶奶。

「李先生，你又帶小孩來看奶奶啊！你這兩個小孩好可愛，你老婆一定很漂亮哦！」

「謝謝。」麥可都是面帶微笑。

護士阿姨都認識他們兩個可愛的小孩，奶奶看見孫子比看見麥可還高興，這已經是他剩下唯一能做的事了，這樣的情況持續了幾個月斷斷續續住院，一會對面的振興醫院一會又回到榮總。

而麥可也找到一個外商公司的業務工作，開在敦化南路上高級辦公大樓裡，又向人力仲介申請了一個外傭來幫忙帶孩子，再過幾個月就會來家裡，希望生活能漸漸步上軌道，心情也變得比較穩定。

第一天去公司上班見到一位西裝筆挺的中年主管，自稱是企業集團在台灣地區的總經理。

「你們很幸運的成為我們在台灣第一批招聘的員工，本公司是世界知名大企業的分支機構，來台灣拓點你們要為自己加油，因為未來的生活將無限美好。」

外商公司總經理在台上講的話。但從頭到尾不知道公司要幹什麼也沒有指派任何工作項目，就是不斷吹捧自己是幾百億的跨國企業來台設點，麥可這群人是種子部隊將來必有大用，前程似錦，讓人聽的是心花怒放，還列舉出世界其它地區像他們同樣身分的人，平均年收入是百萬美金起跳，又屢屢問他們最大的願望是什麼準備買私人遊艇還是飛機，他當時眞的又燃起了一絲的念頭，人生總算被他找到一條光明大道，麥可心中還吶喊著，孩子啊！你們等著過好日子吧！沒想到才跟母親講完，不需要擔心要自己注意身體健康好好養病，這不到兩個月公司就倒了，他又沒工作了，這家公司根本就是詐騙集團，但家裡面馬上又要多出一個外傭的負擔，這不是老天要滅了他，那是什麼，硬是不讓他撐到孩子念完小學。

２００１／７／１３這天他一如往常的去看母親，此刻麥可身邊多了一個人，一個同樣去外商公司上班的受害者，一名留學日本跟英國的女性受害者，是他的現任女友，他們在工作場所認識進而交往，從認識的第一天起就知道他是一個單親的父親，但光聽到要帶兩個這麼小的孩子，只要是正常的一般人，頭應該都會變成兩個大，養育子女不是可以推卸的責任，女友也曾經掙扎過認爲這件事有可能會成爲阻礙，但麥可從來不會去隱藏自己的身分，那不是欺騙對方這麼簡單，而是對自己的子女不尊重，有小孩又不丟人，他不但承認還願意扶養他們，應該被誇獎才對。

女友這天也不是第一次來看母親了，上次來的時候母親還把麥可送給她的小鑽戒，轉送給女友，她的父親是一名出色的醫生，從小就在診所見過很多病人，她走近麥可身邊在他耳邊輕說。

「去握著媽媽的手，多跟她講講話，我看她今天的氣色不太好。」

「什麼意思？氣色不好。」

「她的眼神不對，要當心。」

麥可用很懷疑的眼神看著女友，再仔細看看老媽確實沒什麼力氣，只是對著他稍微的微笑了一下，麥可走近母親身旁蹲在病床前，用雙手緊握著她那瘦弱的小手，開始像小時候母親跟他講故事的方式，說著童話故事給母親聽，前後花了二十分鐘說了兩個童話故事，都是小時候母親講給他聽的二十四孝的故事，還有現在他講給孩子聽的小人國歷險記，母親就在他的手中離開人世了，他在病床前痛哭失聲不知道該怎麼面對母親的離開，雖然早知道會有這一天而且已經很接近了，可是還是不願意它發生，人生在世終究難逃一死，這是必經的過程可這實在是太難接受了，在這一天他眞正成爲孤兒了，在這世上再也沒人能懂他的處境了，連心靈的依靠都沒了。

如果有人問什麼是愛，那就是在母親過世超過十三年後的今天他仍一邊打字一邊淚流不止，這種現象應該算是一種愛吧！爲一個存在或者不存在的人牽腸掛肚就是一種愛吧！一種無法再報答的愛，一種沒機會付出的愛，一種來自父母無私照顧的愛，他們的本質都是利他而不是利己，對那種喜愛高談闊論，討好他人自私心態的言論會很受歡迎，但他也相信永遠處碰不到愛的本質，因爲背道而馳，除非繞地球一圈否則怎麼會碰到面呢？

一個出門向左轉的人卻口口聲聲說要到右邊，這不荒謬嗎？

愛如果可以靠自私取得

請用大腦想想會不會找到愛你的人，只會找到比你笨的人。

麥可要感謝那些曾經愛過他又還他自由的人，是他太笨不值得去愛。

母親的離開給了麥可一巴掌，連一個三十幾歲的男人都以難承受。

他的孩子還沒念小學。

他得趕快找工作把孩子養大。

因為愛。

05／啓發

教育是百年大計，但最近這十年的變化就令人無法招架，現在的教育制度是無法滿足每一個家庭裡的每一個孩子，一定有人覺得不夠好但也一定有人跟不上，麥可的家庭狀況不須要多作介紹了，只要他的孩子能有受教權而且他能供應兒女繼續念書，做到這點他就很開心了。

「老媽，我推妳出去走走。」

母親因為化療都坐在輪椅上，每次推著她去散步都會再三叮嚀麥可。「你記得要把孩子照顧好，老媽你就別擔心，反正都年紀大了。」母親趁著還能說話的時候囑咐他，他雖然滿口答應，但母親並不清楚他的處境，總是被麥可的外表給騙了以為他的日子還很好過，當然他也不願意母親操心。

「妳放心養身體，小孩我一定會照顧好。」這話一說，母親就會微笑了。

母親離開人世後，他選擇了保險的業務工作，時間上好安排，比較自由，雙親過世後所留下的遺產中，在他手上的就是父母所有的照片跟父親年輕時的求學證明，至今一直視為珍寶保留著，母親要他竭盡所能的照顧孩子，但他的能力有限，無法給孩子作什麼超前學習，比如上幼稚園學英文；還沒小學就去念注音符號；小學一年級已經學會三年級的數學，這一切除了多花錢還要到處接送，他真做不到，再加上新申請來的越南外傭發現要帶兩個小孩，第二個月領完錢的隔天清晨就偷跑掉了，他多災多難的磨練還沒完呢？

他趕去報警後，外事科的警察問他。

「有沒有扣她薪水？家裡有沒有遺失什麼東西？」

「她剛來說家裡需要錢還債，我就沒扣她薪水，掉了一些小孩的玩具和電腦的隨身碟。」麥可所回答的一切都是事實。

「那你要不要告她？」

麥可總覺得外傭離鄉背井為了賺一點工錢，想盡辦法寄錢回家幫助家人，還要扣她一半薪水以後再發，實在是太沒人性，沒想到自己有人性的結果就是保證金被沒收，連帶在沒抓到逃跑的外傭之前就沒資格再申請，而告她警察才會主動去調查緝捕，麥可只好把時間作出最有效的安排，每天早上先送兄妹倆去上課，趕快出去作業再趕回來做飯，最後再接他們放學。

哥哥湯米今年已經是小學一年級了，妹妹欣蒂所上的幼稚園大班就在小學隔壁。

「快上車，要遲到了。」麥可騎摩托車前後各一個孩子。

最近兩兄妹的言談舉止，可以判斷兒女們應該知道爸爸已經跟媽媽離婚了，雖然在當初離婚的協議書上母親是沒有任何探視的權力，但麥可從第一天起就歡迎她來探視，這次事隔半年多沒來應該是有什麼事不方便再來，而且孩子學校所有的活動麥可全部參與從沒漏掉一次，這當然包括幼稚園的母姊會。

「爸爸，爲什麼母姊會是你來，不是媽媽來？」女兒問麥可。

「我不是說過媽媽要賺錢養家嗎？」

「那別人家爲什麼都有媽媽或奶奶來？」

「我們的親戚本來就比較少。」

當時只有這個爸爸來參加女兒就覺得很奇怪，而且別小看現在的幼稚園小朋友精得很，察言觀色很有一套，不是那麼好隱瞞，不過他注意到孩子並沒有太強烈的反彈心理，只希望兒女能接受這個事實。

上小學以後的教學會議就改叫親師座談會，這時就會遇見很多的父親來參加了，而麥可是逢會必到，不是爲了去出些餿主意的，是眞正關心子女在受教育的過程有什麼困難。其實每個老師要帶那麼多學生，根本搞不清楚每個學生的眞實面，能了解皮毛就不錯了。他常看見那些天眞的家長把教育的責任全推給老師，常在想自己一兩個小孩都教不好了，卻要人家教幾十或幾百個學生的老師給你教育上的標準答案，豈不太過空泛？這些老師回到家也是幾個孩子的爸媽，頭比誰都大卻指望他，麥可的態度其實非常簡單，跟老師保持良性互動，必要時講講話抵擋一下無聊的家長，這是他與生俱來的正義感。

他總算是熬到兒子上小學了，這是一個炎熱的午後，但還是沒辦法清閒，因爲帶小孩就會有做不完的家事。剛把地拖完，電話響起。

「喂！請問一下李先生在家嗎？」

「我就是，請問您是哪位？」

「我是湯米的老師。」

「老師好。」

原來是兒子的導師，這小學一年級導師就如此關心用心，眞是深感欣慰。

「李先生，你的兒子連注音符號都不會，這樣我們會很難教他，接下來他的進度會跟不上，我們全班有將近四十個學生只有他不會，你是不是抽空好好教教他？」

麥可當然願意教，可是他也不太會。

「好好，謝謝老師，我會仔細研究讓湯米把注音符號學好，不好意思，還要您親自打電話來。」

「不要不好意思，要趕緊學好，這才重要。」麥可都還沒回話，老師就已經掛掉電話了。

他立刻用印表機把所有的注音符號給印下來，貼在牆壁上，再把英文字母跟一家三口的名字也給印下來，都貼在牆上，這下兒子早也看晚也看就不信還學不會，等兒子放學接回家後，開始了學習注音符號的對話。

「寶貝兒子！今天在學校好嗎？」

「很好。」

「有沒有學到很多新的知識啊！」

「學了不少。」

「老師有沒有教你注音符號？你會不會呀？」

「沒教，我也不會。」

「沒關係，你看牆壁上有注音符號，我們一起來唸。」

從湯米回家就好像預測到爸爸可能會發脾氣罵人，所以講話很謹慎，雖然麥可確實會管教孩子，但兒子完全預料錯了，爸爸怎麼可能對一個都還沒學過的小孩發脾氣，那是神經病才會做的事，他不是，他只有在兒女們觸碰危險的事情上會生氣，學習上永遠不會，因爲學習是有方法的，而且方法應該是由大人先仔細想好再引導孩子，不是光讓兒女的小腦袋自己想，大人老喜歡把學習跟創意混在一起推卸責任。

麥可看著貼在牆壁上的紙張，微微皺著眉大聲的唸了前面四個注音符號，然後就停下來抓著腦袋咿咿啊啊半天，兒子馬上講出第五個發音。

「爸爸，你要用心唸啊！這幾個注音不難。」兒子開導麥可。

「可是，爸爸就只會唸這四個。」他面有難色。

兒子開始鼓勵父親要認眞學才能學好，面對爸爸顯出一臉努力但得意的表情，而麥可臉上僞裝的尷尬表情成爲兒子學習的動力，他心裡有數全班都會注音，兒子是唯一唸不出來的孩子，那今天在學校是怎麼過的一天，從老師打電話來的口吻已經如此，在兒子面前是如何說他的雖不得而知，但他想兒子今天應該是受了一點委屈，所以想要幫他補一點自信回來，就這樣一次花了約一分鐘，事情就解決了，只比其他同學落後了三天，三十七個注音符號就學完了，全是湯米自己跑去問會的同學，這樣的自學模式一直用到現在，只要是課業上不會的就去找會的人問到會爲止，對象有時是同學也有可能是老師，現在則是教授。

「你爲什麼不跟人家多學學，看看別人從來沒補習成績這麼好，你天天上課程度這麼差，你腦子裡到底裝得是什麼？」這是麥可最常聽到傷害孩子的一句話。

現實社會中見過最多教育負面的現象並不是來自老師打擊學生，老師的行爲是可以理解跟被接受的，當老師只是一份工作並不是慈善事業，就算是良心事業，選擇對自己最有利的方式教學並無不可，可是笨家長跟懶家長卻會斷送自己孩子的前途，一味的盲從、一味的責怪，而這也是他見過打擊孩子最嚴重的來源。好多次聽到別的家長在自己孩子面前誇獎湯米，麥可都會阻止他們這樣做，這群人卻以爲他是客氣，不，他只是想告訴這些家長，這樣做幫不了你的小孩，反而會傷害了他，更製造出孩子之間的距離感，沒一點好處，花點心思去找鼓勵孩子的方法才是上策，靠羞辱靠比較眞的沒見過成功的例子。孩子不是成人，有時連成熟的大人都受不了別人的指教，更何況是孩子。

「哥哥，上小學最重要的事是什麼？」

「玩得開心，高高興興的過每一天。」

「沒錯，就是開心快樂，要牢記。」

「開心快樂」是麥可給孩子小學的座右銘，他知道很多家長都不認同，總是擔心孩子輸在起跑點上，拼命讓他們的子女學習不同的才藝，認定多才多藝一定會有競爭力，這樣的孩子很大一部分是在父母強勢的主導下學習，早已失去了天眞可愛的笑容，可是他卻擔心孩子輸在將來的人生挫折上。麥可的人生經歷寫著一生中不如意的事十之八九，可以擊敗挫折的就是發自內心，可以趕走沮喪的開心，所以他要孩子記住，小學該學會的就是在每件事物上找到自己的開心快樂，孩子的笑容就是讓他發自內心的開心。

「哥哥、妹妹來，爸爸最愛得是誰啊？」

「我們兩個。」這永遠是標準答案。

用盡全心全力去愛兒女讓麥可發現，當孩子知道父母離婚的眞相時，並沒有造成很大的心理負擔，不敢說孩子沒有遺憾，只是不會被埋怨跟難過給困住，整天愁眉苦臉走不出來，或是自信心給擊潰而無法正常學習。他用愛來澆灌孩子，兒女會用笑容來回饋，而得到的開心會繼續帶領他排除萬難勇往直前。

一定會有人好奇的想知道，那他這樣的方法教小孩，小學畢業
應該是笑著領市長獎吧！
因為要他們開心！
不
現在的小學畢業生是人人有獎，如果非要排名次，應該是倒數
幾名。
領了一個最佳進步獎。
但沒錯
是笑著領獎還全程攝影。
最後還喜極而泣，獻花致意，這些一樣也沒少。
最重要的是高興孩子畢業了。

06／偽裝

假做真時真亦假
臉頰塗上彩裝來掩飾原來的自己
裝扮成劇中人
努力忘了自己
想永遠停留在角色裡
當臉上那幾筆顏色漸漸褪去了
別騙自己真心還在
那麼
失去的心在哪兒？
隨著裝扮脫落一去不回

「大哥，你爲什麼不做房屋買賣，你這麼厲害。」

「我不喜歡那個職場的人。」

「是叫你去賺錢又不是叫你去喜歡人。」

「看見不喜歡的人，我連錢也不想賺，寧願餓死，這就是我。」

麥可扳手指一算根本沒剩下什麼東西，還能失去什麼呢？從現在起他應該可以簡簡單單的做人了，離婚之前的工作他雖然做得不錯，但那個環境裡認識的人太多，又最怕人家問起他的家庭狀況，再加上前妻還在同樣的環境工作，他不想平添困擾，希望前妻能有最大的空間不受外界影響，他不能做出任何傷害孩子母親的事，做了其實就是傷害孩子。會有這兩個可愛的孩子，孩子母親的功勞比他大，時間最後會證明一切，而他會選擇做保險是因爲沒有一技之長，業務確實是他比較擅長的工作，自己除此之外沒有其他謀生的能力。

中年轉換跑道其實他有滿大的壓力，還好受到公司三個月完整的培訓後，每天努力的拜訪客戶，從陌生的市場展開推廣，拜訪上市公司舉辦理財說明會，提交財務計畫書等一連串的工作項目倒也忙得不可開交，很快的自己努力使工作上了軌道，每半年的業績目標都能達成，收入也逐漸穩定，接連參與了公司的海外業績旅遊，甚至遠赴歐洲的活動，這一切看似一個幸福的開始，而且從家中逃跑的外傭也在新竹落網，又有資格重新申請一名外傭來照顧小孩，這下無後顧之憂，可以好好的開始工作了。

「哥哥跟妹妹，爸爸要出國開幾天會你們在家要乖，聽阿姨的話好不好？」

「那你要給我帶玩具，我才要乖。」妹妹的要求不難達成。

「我要一個新書包。」哥哥小小的願望。

過去幾年在家裡帶孩子根本不可能出遠門，就連交朋友都有些困難，之前認識的女朋友就是因為無法全心全意陪伴他們而分手，欣蒂今年也要念小學了，都能充分出表達自己的需求，麥可也比較放得下心面對工作。這次總算有機會可以參與公司免費的出國旅遊，第一個競賽目標是他到職後的半年，他的努力加上好勝心果然低空飛過門檻，順利參與了泰國的旅遊活動。

碧海藍天那種景色宜人的度假勝地，對麥可而言很久沒出現過在他的腦海中，盡情的釋放心中的壓力，盡情的享受陽光的照射，他在泳池裡像一條毫無拘束的魚一樣來回的游動，開心應該完全寫在他的臉上。人是需要休息的，這樣的活動真的可以達到激勵人的作用，起碼麥可是被激勵的，晚上還有化裝舞會，這更是讓人期待，他為了這個活動特別去買了可以塗抹在臉上的彩妝，幫自己在舞會上加分，記得有一部電影片名叫英雄本色，裡面的蘇格蘭人的妝扮就是他所嚮往的樣子，那塗在臉上的迷彩讓注視你的敵人震懾三分，因為會產生恐懼與害怕，這就是他舞會時想扮的模樣，一個新進的員工不想被人家看見他膽怯的一面，所以早有準備。

用完晚餐後回到房間稍做休息，就開始準備晚會的服裝，麥可將房門敞開，這是爲了答應幫同營業處其他的同事化裝，這時有人陸續進來要麥可替他們裝扮，沒想到，認識的不認識的全進來了，小小一個房間頓時熱鬧起來，七八個人排著隊等著化裝，以他的資歷只能來者不拒。

「麥可，我要畫彩虹。」

「麥可，我要畫一朵花。」

麥可認分的幫每位認識與不認識的同事盡力做好服務，達成他們的要求。

「妳想畫什麼在臉上？」

坐下來的這位不得了，俐落的短髮微微挑染，一襲剪裁合身的套裝落落大方，誰都認識她，但她卻誰都不認識，因爲是公司的業績冠軍，說實在話她是不需要認識這群小人物，像麥可又是個新人。

「我想在臉上畫一面國旗。」

「好。」麥可也不敢多說廢話，但又忍不住。

「妳想要多大的國旗？」

「只要不會蓋住我的美貌就好。」沒錯她確實漂亮，一種懾人的美。

「不用擔心，不會蓋住，妳美的地方不多。」說話的同時麥可已經畫出第一筆了。

「你應該沒仔細看清楚，我像極了奧黛莉赫本。」冠軍補上一句話。

「我對那麼老牌的明星沒什麼印象。」麥可接著在她臉上做畫。

「你這個人講話怎麼這樣，你知不知道我是誰啊？」

「我想連泰國總統都知道妳是誰，也知道妳蒞臨，我怎麼可能不知道妳是誰？」

這時作畫已接近尾聲，後面還有人排隊。

「你叫麥可我記得，可惡。」

「早點忘了我，我這種小角色隨時都會不存在的。」他爲魚肉人爲刀俎，卻還敢那麼大聲說話實在少見，他就是搞不懂，是免費幫大家服務又不收錢，幹嘛幫忙做事還得當妳小弟。

接著他又服務了好幾個同事這才一起去參加晚會。

幾百個人的晚會上麥可眞的是名不見經傳的小人物，看見公司許多頂尖的業務員彼此介紹敬酒，彼此互相道賀圍成小圈，他的妝扮再像梅爾吉勃遜也沒一個人理，他們只有幾個新人湊在一起自嗨。反正沒關係，是一樣的美食美酒只是少人關注而已，他開心的還是像條魚一樣游來游去，一會這裡晃晃一會那裡逛逛，畢竟這裡是巴東海岸最大的舞廳，被公司給包下來了。

「就是他，他叫麥可，就是他幫我畫的臉，還說我臉上美的地方不多。」一群人浩浩蕩蕩的出現在麥可面前。

「是我，就是我，是我畫的也是我說的，我有做錯哪一件事？」出現在麥可面前的一群人已經是足以撼動整個公司的團體，如果用業績換算的話那就是全公司的一半強，他眞搞不清楚這群人什麼都要爭第一，不累嗎？

「你們看，我說他跩得很吧！是不是很有趣？」說麥可有趣，他每天在外工作面對客戶時鞠躬哈腰，回到家裡帶孩子累到駝背彎腰，現在就連公司旅遊還得逢人就奉承，只因爲他是個新人，業績不如這群高手？他不需要也不願意。

「是啊！你一個新人又是男人，怎麼說都應該要懂得尊重一下女性跟前輩。」就是會有人喜歡幫腔作勢，西瓜偎大邊。

「我是一個新人也有基本的禮貌，審美觀念本來就是因人而異，對女性的尊重更是從來沒少過，至於你們這一群前輩我更加不敢不尊重，請問你們出現在我面前有什麼指教，如果是想跳舞、喝酒，我可以奉陪。」他過去幾年的處境跟磨難，坦白說天塌下來麥可也只是當被子蓋，更何況是一群業績優秀的業務員能吃了他不成。

「我想跟你跳舞。」所有人瞪大著眼睛看著講話的冠軍。

冠軍主動把手伸出來牽著麥可陪他跳舞，這一幕比冠軍上台領冠軍獎杯時還引人關注，這是一位連續五年的年度冠軍，上過各式媒體新聞的業務高手卻牽著一個新人的手陪他跳著恰恰。

回國後麥可繼續著他辛苦的工作行程，他在公司的時間常會發現冠軍會出現在他的附近，這點很讓其他資深的同事很納悶，因爲她跟他是不同單位。

「麥可，中午有沒有事，一起吃飯我請你，就在樓下的餐廳。」冠軍趴在他的隔屏上講話。

「好啊！幾點？」麥可抬頭回答。

「十二點半，要準時。」

麥可點了點頭，那是一間簡單的意式料理餐廳，就在公司樓下，開放式的透明玻璃一眼就能望穿其中一切，所以誰在裡面就一目了然，不會白等也不會等錯，但冠軍約他吃飯的這個舉動又嚇死一群人，平常各個營業處想盡辦法出錢出力請冠軍去演講她也不去，而跑進麥可的營業處來請他吃飯，應該是比牽著他的手跳舞還要嚴重許多，肯定是從沒發生過的事。

麥可的主管，他主管的主管，他們隔壁營業處的主管，全部跑到麥可的位置來問他是怎麼一回事。天知道該怎麼回答這個問題？他都搞不清楚是怎麼一回事，他才來公司第九個月。

這頓飯吃了二個半小時到下午三點結束，期間進出公司、拜訪客戶的，來來回回不下兩、三百人，全都是同一個表情目瞪口呆的看著麥可。

麥可把自己的處境跟帶孩子的經驗跟冠軍分享交換，或許是他過人的悲慘引發的好奇與同情，才會一直聊到中午營業時間結束了，老闆想休息，他們才結束談話。

「麥可，加油！有什麼不懂不會的隨時來問我。」

「謝謝妳，還有今天的午餐。」很有禮貌的回答冠軍，免得又被一群資深員工認為他不懂尊重前輩。

這樣的過程其實是很平常又簡單的一個飯局，聊聊彼此帶孩子的經驗，甚至他可能會交到一個工作上經驗豐富的朋友，只是他們不同是，她是一個單親的母親而麥可是一個父親，她有一個女兒而麥可有一兒一女，她有姊妹環繞陪伴而麥可沒有一個親人在身邊，麥可大她半歲。

「麥可在嗎？麻煩這個交給他。」

從這天以後冠軍經常出現在麥可的營業處，早上送早點來擺在他桌上順便留下一張卡片，下午回公司再送一瓶果汁寫一張留言，就算搞出這麼多花樣但她的業績還是全公司冠軍，不得不令人佩服，而麥可唯一能做的就是接受，不然要退回去嗎？

只要是麥可人在公司，就會遇見一群人像是去動物園看猴子似得盯著他。他的主管跟他輕聲細語；他主官的主管跟他細語輕聲，搞得他不僅僅像猴子，還是一隻騎在獅子頭上的猴子，把他捧上了天等著葬送他。

愛，他希望的簡單沒出現
卻出現看似簡單卻極其複雜的，愛
破碎的裂痕難補
心裡想的
永遠都是要不到的
只有少數人能得到不屬於自己的幸福
他真該把這一切退回去的
化裝舞會
吃中飯
早點
果汁
愛
因為這是一個悲劇的起點

07／離人

緣分盡了
在夢境中都不肯放過他
卻永遠消逝在眼前
像斷了線的風箏明明存在卻不知在何方
可曾想過在他頭頂上會有你的天空
可曾想過線沒斷是他放手
好嗎
留下的淚早已分不清屬於誰
會是遙遠的你藉著他的眼傳遞著思念？

樹上成熟的果實特別甘甜，人工催熟的往往好看卻不好吃，麥可這段感情有太多的人在其中加工所以味道一變再變，最後對他而言竟成為一顆有毒的蘋果。

「麥可，你應該把心思放在工作上而不是在感情上，聽說你的小孩都還很小，那更應該要以工作為重，別在公司裡製造問題，我們單位的人都很單純容易上當受騙。」講這話的是冠軍營業處的處經理，當然她平常就是全公司最盛氣凌人的女強人，可惜的是麥可並不認識她，卻被人叫到她辦公室去，更何況她也不是麥可的直屬主管，這舉動是有點搞錯對象了，之所以會來見她完全是基於尊重，但她的言詞眞是有點莫名其妙？

「我不明白妳講的意思，如果是指貴單位的同仁跟我之間的事，那與妳何關，就算妳想管也請妳去管妳的人，怎麼會管到我身上來呢？」第一次的對話顯得無禮，那是因為麥可有一種被侮辱的感覺。

「我已經跟她的家人連絡過了，如果你還要繼續跟她來往我會請她的家人出面制止，因為我覺得你這個新人的企圖心不良。」兩隻眼睛盯住麥可擺出一副可怕的嘴臉。

「妳愛做什麼是你的自由，我無權阻止，只是造謠生事最後誰會付出代價誰就自己承擔。」實在是討厭這種不分青紅皀白仗勢欺人的人，又擺出一副她說了算的樣子。

才剛回到自己的營業處又被自己的處經理叫進辦公室。

「麥可，剛才你都談了些什麼，她有沒有為難你？」

「沒什麼，只是叫我不要跟冠軍來往。」好奇怪的一群人，一直關心別人家的私事。

「別擔心，我們支持你，繼續來往，有機會請她來幫我們營業處上上課。」

「我知道了，沒什麼事的話我想先出去工作了。」

這回到自己的位置又看見送來的早點，跟一封充滿情意的信箋，這次麥可猶豫了，到底該不該接受這個人，還是應該早點拒絕當個普通朋友，信上約他晚上吃飯一切到時候再說吧！

「我不想跟你做普通朋友，你是怎麼想的。」冠軍的第一句話就讓他處在被動，這讓麥可真的開始產生幻想，她的努力她的勤奮都讓人佩服。

麥可帶著一顆破碎的心很久了，眼前的這個對象對他產生強大的吸引力，心中有著一種想把破碎家庭重新組織癒合的衝動，孩子會有一個母親陪著，可以一起散步、看電影、逛夜市，生活的像一個正常人一樣，分擔彼此的責任，互相照顧，腦海中想像著未來的美好。

「妳都這麼勇敢了，我還能怎麼想，但妳有認真想清楚嗎？」麥可這話一說完後冠軍笑得開心一直拉著他的手，其實他自己當然很慶幸能有這樣的緣分，另外可能也產生對抗公司權威者的心態，為什麼個人的生活要被其他人拿放大鏡檢視、干涉跟糟蹋，只要不犯法，愛跟誰在一起就跟誰在一起。

「我們這星期帶孩子去哪？」冠軍總是用小女人的方式詢問。

「還有什麼地方？妳想去就去啊！」

這些日子精彩極了，假日帶著孩子去了全台很多地方，從北到南，從海邊到山上，溫泉到牧場，民宿到度假中心，博物館到主題樂園，這幾年從來也沒這麼輕鬆快樂得過上一段屬於自己開心的日子，孩子們也覺得幸福。

他們悶著頭創造幸福，卻有一群人同時悶著頭破壞著它，這樣的關係在公司是藏不住的，因爲對象身分太特殊，時時刻刻遭人關注。先是副總經理約談協理，一層一層向下約談目的都是關心，卻一次又一次的把人談到一把鼻涕一把眼淚，都是勸冠軍別跟騙子來往。

麥可看見心疼就直說：「爲什麼妳又哭紅著雙眼？這群人到底想幹嘛？」

「就是叫我別跟你在一起。」

麥可心中帶著怒火，又覺得這群人可笑。

衝口而出：「嫁給我，我會給妳幸福。」原想盡速解決這一切的問題，舉動似乎有些衝動。

「你等我一下。」冠軍並沒有被話嚇到，而是高興得起身衝回自己辦公室。

五分鐘過後，帶著其他的同事回到了兩人談話的會議室。

「麥可，向我求婚了，你們全部當見證人我該不該答應他。」

一個沒有房子，車子早賣了帶著兩個小孩，賺的錢卻只有女方十分之一的男人跟她求婚了，這樣的舉動眞的快成爲一個有不良企圖的人了，可是麥可並沒有這樣想，只是簡單的喜歡她笑，不想見到她掉淚，也不願孩子們對男女關係產生錯誤的價值觀。

接下來他面臨一堆稀奇古怪的問題跟質詢，有人扮演兩性專家，問將來的子女教育怎麼面對，會不會再生孩子，有人扮起財經顧問，說如果老婆賺的錢多這麼多，會不會在家吃軟飯，財產要怎麼畫分清楚，這些都不是最後的那根稻草。

結婚這件事將他們帶離了一個次要的戰役，卻拉回到一個主要的戰場，這種廝殺的場面才眞是血淋淋，始料未及的，對感情傻傻付出的笨蛋是永遠不會明白的道理。

「你們問完就請回吧！別搞得像審訊犯人一樣，我又沒做什麼壞事幹嘛咄咄逼人。」

「我決定嫁了，我眞的很喜歡跟他生活在一起，不管天底下誰反對我都要嫁。」

麥可覺得完整的家庭拼圖又加上一塊，眞是値得期待。結婚日期沒幾個人知道是因爲保密，第二次婚姻，而且都有小孩低調是比較好，當天麥可請了同營業處的兩個同事幫忙當見證人，就在地方法院舉辦了公證結婚，展開了另一段人生的旅程。這一切都看似美好，而且工作表現也沒因爲結婚而變差，當這兩人的關係檯面化之後，再沒人敢當面批評一對夫妻間的生活，但卻私下不斷的去騷擾女方的原生家庭，而這是一場避不開的接觸。

接到岳父母的邀請，他們一起帶著孩子回去看長輩。

「爸媽我們回來了。」明明是岳母叫他們回去，卻又讓麥可遭受到極大的侮辱與傷害。

「你們回來幹嘛！把那個男的給我趕出去，我們家不允許他進來。」岳母近似歇斯底里的大叫。

麥可不知道為什麼，是岳父母主動邀請他來，第一次見面就把他趕出家門，又說不歡迎他去，傻傻的帶著孩子站在門口將近二十分鐘，看見老婆哭紅著雙眼走出來要上車回台北的家，又被攔在家門口，這一幕他好熟悉，當初就是為了不要她流淚，才想到結婚是兩個人在一起最正當的手段，這回怎麼哭得更嚴重了。

這小小的社區被這樣一叫左鄰右舍全跑出來了，當時麥可帶著兩個孩子站在門口百感交集，全家被當成什麼？此刻孩子的心裡又在想些什麼？為什麼老婆的小孩被當成寶貝接待在裡面，而自己一對兒女卻站在門口苦苦的受著折磨，像個賊的小孩，自己又做錯了什麼。

「我要回家了。」麥可對著屋內喊。

「你別走，我馬上出來。」老婆回答。

這時岳母跟著出來對著麥可說了一句話，拿一筆錢給她就當作是賣女兒。

「請妳讓我分期付款，因為工作才剛上軌道又要養一家人，一時之間哪有這麼多錢。」麥可不管她的本意為何，父母都過世了，本來就會把他們當成親生父母來孝順，為什麼不能給他一點時間來證明。

「不行，果然連這點錢都沒有。」這是得到的回答。

就在這樣不歡而散的情形下回到了台北，沒幾天就發現老婆身體不適。

「老公，我覺得我的身體不舒服，健康檢查的指數有異常。」

「別害怕，我們再去大醫院檢查，沒關係有我陪妳。」

「我眞的好怕，會不會是癌症。」

「別亂說，一切都會沒事的。」

雖然嘴巴這樣說，但還是擔心的抱在一起流淚。去醫院做完檢查發現有輕微卵巢腫瘤的跡象，台大、萬芳、和信、婦幼、亞東醫院全去做檢查，但因爲擔心還是決定在婦幼醫院動刀割除，這段期間幾乎麥可都在陪她四處檢查就醫卻依然沒能打動她的母親，每回在醫院她看麥可的眼神就像仇人。

「你去上班，這裡不用你照顧。」岳母開口。

「不許你走，我要你陪我。」老婆就回話。

「他到底哪點好？自己都吃不飽的樣子，還學照顧人。」

「我要開刀了，妳別再逼我了。」

這樣類似的戲碼每天在醫院上演，只要遇見岳母，就是叫他離開。最後在岳母強烈的要求下，等手術病好之後，每星期的假日要她女兒帶著孩子回娘家住，其他人不許跟著回去，麥可尊重岳母的話，只希望關係能夠慢慢好轉，但老婆每回都是笑著出門哭紅著眼回來，沒一次例外，眞不知該如何是好。

年度業績目標眼看快要完成，麥可又是低空掠過可以去歐洲，老婆依然是冠軍。冠軍，就是自己去歐洲以外還可以帶兩個親人一起前往也是免費，全程商務艙商務套房專車接送，當然是邀請自己的父母前往，以前也是如此，在國外能有機會跟岳父、岳母增加相處時間，改變他們的觀念，可沒想到去的條件是。

「只要那個男的不去，我們就去。」岳母口中的話，而麥可就是那個男的。

「媽，我的資格是自己爭取來的不是靠我老婆的名額，爲什麼我不能去。」

「別叫我，我不承認你是我們家人。」

「爸你勸勸媽，難得去一趟歐洲爲什麼要嘔氣。」

「我勸不了她，她誰的話也不聽。」其實岳父從來沒給過他臉色看。

眼看又是一個僵局，每個人的婚姻生活不都是希望幸福美滿，他們的生活裡如果沒有其他人單純是自己，摩擦並不多也很開心的在過日子，可是沒有盡如人意這樣的事，一直僵持到最後兩老還是沒同意去旅遊，就帶上前婆婆跟女兒。

他們回國後聽說岳父爲了這件事被罵得很慘，整天不得安寧，就是嫌他不會管教女兒，讓女兒心裡忘了父母的養育之恩等等。岳父就這麼突然心臟病發送進桃園敏盛醫院加護病房，夫妻趕緊去醫院看他。麥可這下眞的承受不住了，還好岳父沒事，否則這個罪名太大了，麥可在病床前跟岳父說只要好起來一定會離開他女兒。

「離婚吧！我知道妳心裡的想法，別因爲我們再折磨家人了。」

「眞的嗎？過兩年我們再結婚好嗎？」老婆哭著說。

「怎麼可能？我已經精疲力盡了。」

「我眞的很愛你。」

「我知道，妳也盡力了。」

可是這一段日子幸福的假像充滿在腦海中揮之不去，麥可沒辦法在同一個環境工作甚至見面，短暫的三個月婚姻畫上句點，沒過多久選擇離職，他覺得自己病得快要死了。

所有負面的情緒重新回到他身上
無法工作
在意旁人的眼光
不敢出現在熟悉的場所
只想在家看著孩子
天哪
又快要沒救了
眼中的淚水停不下來

08／迷思

胡思亂想
全憑虛幻的想像創造出自己能力所不及的城堡
閉起雙眼即可觸碰到金碧輝煌而自我陶醉
眼一睜開依然要下田種地
洗衣帶孩子
直到無米田荒僅剩下淒涼
倒不如
老實多收幾把稻多存幾斗米
要不
往下扎根
多求知識一磚一瓦蓋好自己的家

「李先生，你們公司是全國前五百大企業，要貸款不是問題，付的利息又不高，你要不要考慮一下。」銀行的理專沒事就跑來公司。

「我跟你們借錢的目的是什麼，我又不需要用什麼錢。」

「最近股票不錯你可以投資在股票上，只需付我們一點利息，一根漲停板賺的錢就超過這一年的利息。」這理專講得口沫橫飛，聽起來也不無道理。

「那需要什麼資料嗎？」麥可好奇的問。

「什麼都不用，只要最近兩年的薪資證明就可以了。」

這沒什麼好怨天尤人的，就算別人把毒藥放在你嘴邊也要你自己肯張口才行，麥可從小母親就教他，這輩子做人不要欠任何人一分錢，所以從沒開口向人借過錢，可自從借了第一筆錢以後就走上了錯誤的道路。

麥可遭遇二次婚姻失敗的打擊後，覺得這個社會是用錢在做人的社會，沒人會管人品心地，只在乎有沒有錢跟背景硬不硬，如果是個有錢人就算帶著二十個小孩，還是很多人搶著嫁，不會有人說存有不良企圖，還好他離婚從來沒有過任何主張，只是承擔責任，這好像成爲一種悲情的證明牌，證明他絕沒不良企圖。

「麥可，最近你都在台中開發職場保單，這半年的競賽目標是馬來西亞，我看你已經完成了，恭喜你。」

「老闆，我這次回來就不幹了。」在工作上麥可都稱主管為老闆。

「開什麼玩笑，你的表現這麼好為什麼不做，我不會同意的。」

「這次回國後我就會遞出辭呈，我不想再待在這裡了。」

或許是受夠了異樣的眼神，從一個新人起就一直成為被關注的對象，不管是好是壞他就只想簡單的過日子。

「為什麼要這麼堅持，還是走不出感情的問題嗎？」他老闆提出問題。

「家裡的外傭待滿二年要回去了，小孩需要我照顧。」他是真的不想再遇見現在的冠軍，讓人很不自在。

「如果真的是為了子女，我也沒理由不讓你離開，等你回國後我們再來安排。」

「老闆，謝謝你，這麼久以來的照顧。」

麥可從進公司以來的每一次競賽都達成目標，或許不是冠軍，但所努力付出的心血也反映在每次的出國旅遊上，這點應該看出來他不是個吃軟飯的才對。

回國後，戶頭裡突然多了一百萬剛借出來的信用貸款，心想既然一心一意想成為有錢人，當然是要靠投資股票最快，反正也打算離開保險公司了，先找個股票經紀人問問行情，這就晃到一個老朋友上班的號子。

「小方，最近股票行情怎樣，能不能投資，我想賺點錢給孩子當教育經費。」

「最近進場最好，這個時間投資就是等著發財。」

「我沒想發什麼財，只想看能不能賺點孩子的奶粉錢、讀書錢。」

「沒問題，包在我身上。」

麥可把公司的事交接清楚，每個客戶之間的連絡細節、注意事項完整的交代一遍，拎起電腦包跟私人物品離開了待二年的保險公司，站在公司樓下望著冰冷的水泥建築大樓，內心感謝這裡照顧他兩年，雖想繼續留下來，但每天走進公司時，心裡的痛正在慢慢腐蝕他的心靈，是不得不離開。

「兩個寶貝放學了，今天是老爸親自下廚做飯菜給你們吃，從今天起爸爸放大假每天都可以接送你們上下學，開不開心。」

「開心，爸爸燒的菜最好吃，我最喜歡吃。」女兒永遠最貼心。

「哥哥不開心嗎？」他看起來有點愁容。

「他英文考零分，怕你罵。」女兒又搶著答。

小學還有考英文這件事他都不知道，趁這次親師會該去學校拜訪老師了解孩子的學習狀況。

「哥哥乖，先吃飯，老爸到國中才見過英文字，沒關係，慢慢學就會進步。」

孩子一分鐘就忘記剛才的難過，大口吃著父親煮的飯菜可開心了，他看著兒女現在的模樣又大了一個階段，像是脫離了稚嫩，有點小大人的感覺，兒子三年級，女兒也二年級了，但身高上一直是妹妹高一點，這是他比較擔心的。

這小學親師會家長幾乎是全到，甚至父母加上阿公阿嬤的都見過，麥可雖然知識水平不高，但小學的課程應該還能應付，介紹完每位家長及任課老師後就進入老師跑班回答的階段。

「數學不好該怎麼辦？我是做工的啦！不會教小孩，請老師好好教。」

「我們學校都會有輔導老師協助。」

「小學英文該怎麼加強，是不是該去上長頸鹿，校外補習是不是比較有幫助？」

「其實只要是上課專心聽，三年級的英文是不用太擔心的。」

學校的討論會一搞最少二小時，麥可就坐在孩子的位置吃著餅乾喝著果汁，如果有人不吃他在把它拿來吃掉，等一切結束後才走近到老師面前，深深的一鞠躬謝謝他教好自己的孩子，並恭敬的跟老師說，只要是孩子的事隨時可以跟他聯絡，其實他不是來聽教學方式的，是來幫忙孩子觀察這群學生家長跟老師的態度，回去跟兒女分享心得請孩子驗證，這樣的事他們父子父女玩了十幾年。

簡單的說是由家長的態度判斷學生的樣子，由老師回答問題的態度預測老師的教學責任心。

「哥哥，你運氣比較好，你的老師是一個很愛孩子又有耐性的好老師，還有哪幾個同學你要特別注意，將來會有很大的依賴性。」

「那我呢？」女兒急了。

「妳的老師很會管人，妳要小心嘍！」

「啊！眞衰。」女兒從小就被寵壞了。

他不會算命，但事後驗證都讓兒女佩服，因爲他用心觀察現場的每一個人還做筆記，而不是只會吃東西，這就是他逢會必到的理由。

麥可本想平靜的多待在家裡一段日子，幾天後接到一通電話，是上次在國外參加精英會時認識的朋友，並不是保險界的人，他們互留了連絡方式。

「麥可嗎？還記得我嗎？」是傳銷界的女王。

「記得，妳這麼出名，有何貴事？」

「沒事不能找你聊天嗎？」

「千萬別這麼說，我只是在想妳不是常跑國外，怎麼有空跟我聊天。」

「我知道一家不錯的咖啡廳，下午有空嗎？三點在那見。」

這又是一家混雜著美式跟意式的餐廳，氣氛很浪漫，有一種西部鄉村的情懷，餐廳裡播放著鄉村歌曲時偶爾又參些藍調，把人硬拖回六、七〇年代，感性的人最喜歡，偏偏麥可就是這種人。

「你喜歡這家餐廳嗎？」

「氣氛不錯，有一種讓人進來就想哭的感覺，懷舊加一點感傷，很容易觸動一個人心。」

「你會想哭，是想念前妻？」

「妳說的是哪一位？」其實會這麼說他眞是無奈，並不得意，因爲在這些過程中他是個徹底的失敗者，而且是痛苦到走不出傷痛。

「當然是最近這一位，聽說你們分開了。」

麥可果然沒感覺錯！連不是公司的人都能知道，在原來的公司他要怎麼待下去。

他嘆了一口氣：「對分手了，連妳都知道，妳的消息眞靈。」

「很難過吧！」

「這是妳今天找我的主要目的嗎？聊我的前妻。」

「不，是我媽他們的經紀人公司希望你去上班。」她直接的說明來意。

「我再想想，因爲我有點累了，只想在家帶孩子。」

他們聊的算蠻愉快，時間的關係要趕到學校去接孩子放學，雖有些意猶未盡所以約下次有機會再好好聊聊，這件事他並沒放在心上。

信用貸款每個月要連本帶利還錢！既然還沒去上班，他總要打個電話了解一下投資的狀況。

「小方，上次投資股票的錢我們現在賺了多少？」

「目前狀況不是太好，不過股票這事急不來，這些都是短期現象等過一個月就會加倍的翻回來，別擔心。」

「我小孩將來出國留學就全靠你了。」

「沒問題。」

這股票投資狀況暫時不明，可是每天時間很多，就買食譜大全開始研究菜色，上菜市場買菜煮飯給孩子吃，麥可最欣賞會做菜的女性，他母親就是什麼都不會，連字都不認識幾個，只會洗衣燒飯帶小孩，他就覺得最好。

「小方，你上次說這個月會翻倍回來，那我現在戶頭裡有多少錢？」

「其實整個大環境很不利，最近做股票的人都很慘，有些甚至都被斷頭出場了，實在不是我不行是景氣面跟不上，總之很糟。」他的心涼了一半，還指望靠股票幫忙賺錢送孩子出國念書，現在聽這口氣事態應該嚴重了。

「到底剩多少？直截了當別拐彎抹角。」

「差不多三十萬。」這兩個月輸掉了七十萬。

這突如其來的打擊不能讓他再待在家裡了，想起上次傳銷女王來電約他但有事沒赴約，不能遲疑應該去上班才對，否則沒錢又要還錢又要養家，這樣下去壓力肯定會大到挺不住，該主動聯絡了。

「女王有空嗎？想約妳出來聊聊。」

「好，晚上一起吃飯順便看個電影，我很久沒看電影了。」

「幾點？」

「七點，我去接你。」

「好，那我在家等妳。」給了她家的地址。

孩子放學後先把小孩給照顧好，陪他們吃完晚飯，簽完連絡簿才能出門。

「哥哥，爸爸等下要跟阿姨談一點工作的事，可能會晚一點回家，你們洗好澡早點睡，電視別看太晚，照顧好妹妹知道嗎？」

不該跟銀行借錢因為當時根本不需要用錢
更不該不懂股票賠掉借來的錢
否則不會有這一夜
這一夜
讓我走進迷宮鑽不出來
不是悲傷而是迷失
沒有自我

09／脆弱

戰勝不了本性
天底下男人都會犯的錯
如果有選擇要從頭開始躲但不容易
來的時候輕飄飄的像喝啤酒
不在意也太大意
漸漸
分量加重
但還是啤酒
開始讓人招架不住
是刻意還是自願都不重要
躲得過這次也逃不過下次

一台黑色的寶馬跑車七點準時出現在麥可家樓下，他上了車，雖然身邊的女王擦了香水，但依舊掩飾不住原來的尼古丁散發出刺鼻的氣味。

「想吃什麼？如果你不介意，我們去吃燒烤。」

「妳不是想看電影？到底是做哪一樣？」

「我們先去吃燒烤，吃完再去看子夜場。」

「不會太晚嗎？」

「不會啊！」

「好吧！那隨妳。」

心裡想著如何找機會說明來意，這次見面主要是爲了要去工作，卻發現女王跟他出來的目的好像只是爲了吃吃喝喝。

兩人走進東區一處小間的日式燒烤店，看老闆親切的跟女王打招呼想必是常客，帶著他們走向一個角落的位置，桌旁有一個對外的小窗戶可以打開，是爲了方便女王抽菸才選這裡坐下。

「怎麼突然想到我，上次我約你都不出來？」邊從名貴的機車包中把香菸拿出來點上，順手推開了窗戶向窗外噴出第一口煙。

眞要說，當時心裡的感受實在是有點糟糕，麥可很少見一個女人是如此輕浮，這個舉動讓他把心裡想說出口的話硬生生全吞回肚子裡去。

「沒什麼事，就是無聊找一個有本事的人聊聊天，增加一點自己的經驗。」聽說她是全亞洲最年輕就領超過百萬美金的傳銷女王，應該有許多過人之處值得學習，就當作是陪名人吃飯，等時機成熟再提工作的事。

「工作經驗我是沒有，因爲我從沒有上過班，但吃喝玩樂跟交朋友的經驗倒是很多，因爲我喜歡到處亂跑，不過如果是你又不一樣，我喜歡坐在你旁邊聽你講話，所以你說我聽。」

點完幾道燒烤後又叫了兩杯啤酒，說是配著吃才對，麥可都沒有意見，一個人帶孩子都五、六年了，期間也常在心煩時找朋友出來喝點酒，暫時忘卻當下的痛苦就只想找人說說話，偏偏今天又是這種心情。

「聽我說什麼，都是一些人生失敗的例子有什麼可說的，倒是妳這麼年輕就成爲亞洲第一，應該是妳說我聽才對。」

「那你就說些失敗的例子給我聽，我喜歡聽你說失敗後的樣子。」

麥可想這女人是存心找麻煩嗎？是眞的到現在爲止一事無成，唯一有的就是子女這甜蜜的負擔，把眞像講出來妳還不閃的遠遠的。

「我小時候住在眷村，因爲哥哥把住我們家隔壁的村長打傷了，父親不好意思再繼續住，所以我們搬家了。」不知道爲什麼，只要有人想了解他的過去，他每次都是從這開始講的。

「停，我想知道爲什麼你會離婚而且兩次，很多人都沒勇氣結婚，你卻有勇氣一結再結，還一離再離，我想聽這個。」

天哪！這是哪裡痛往哪裡扎，總是每當遇見這個問題避之唯恐不及，居然叫他赤裸裸在不熟的人面前剖析自己的過去，會不會太殘忍了。

「妳想結婚啊！幹嘛問這種事，負面經驗對妳不會有幫助的，妳應該去問別人怎麼把家庭經營的幸福美滿才對！」

「你到底說不說嘛？不說我要走了。」其實他一點也不怕女王離開，只是這天還眞想找個人說說話。

「我以前是個非常努力工作的人，總是把工作跟未來擺在每件事之前，所以常會爲了工作忽略了老婆，讓她覺得不快樂所以跟我分手了，後來自己帶孩子又完全放棄工作，可是抵擋不了現實生活的壓力，這又把我帶回職場，第二段婚姻就是在這樣的情形下發生。可是我的狀況就是帶著兩個孩子，這點是不會改變的，不能接受這個事實或不願接受這個事實都不會有結果，我認爲第二次的分手其實是家人無法接受這個事實，但我覺得家人是最重要的，他們並沒有錯，一切都是我自己造成的，當然要由我承擔結果。」講完這麼一大段話，猛猛的灌上一口啤酒。

「你並沒有錯啊！」
「感情的事哪來的對錯？感受在的時候就是對，不存在的時候就是錯，但責任這個問題就不能有選擇，只能承擔，如果因爲感情不睦而不承擔責任，那是扼殺了孩子的未來，我做不出這種事來。」
「你眞的很辛苦，也很棒，我敬你一杯。」
「妳還要開車別喝太多酒。」他不知道該不該說剛才那些話，心裡還在想工作的問題。
「別擔心我，我沒事，車可以不開，等一下我帶你去一個地方，慶祝你恢復單身。」
「什麼地方，有什麼值得慶祝的。」
「我表弟的生日派對，會有很多人很好玩，一起去。」
「一個人都不認識有什麼好玩，還是不去了，孩子還在家裡我不放心。」
「早去早回啊！你原來是這麼放不開的男人，我只想讓你開心一點，忘記過去重新開始。」
這句話，又是讓他嚮往的方向，忘記過去重新開始。
一群平均年齡比麥可小十歲以上的年輕人，窩在最大的包廂裡又唱又喝又叫，他們到的時候這一群人已經很瘋狂了，根本也沒什麼人關心他存不存在，只是看見就舉杯跟他喝酒，女王開心的跟所有人打招呼交頭接耳不知道在說什麼。
「你好啊！你是我表姊的男朋友，來喝一杯。」

「我不是，我叫麥可，只見過你表姊幾次面而已，她太優秀了，我很普通。」我把手中的酒喝了。

來的是一個俊俏的年輕人，在電子公司上班俗稱的新貴，其餘在場的都是他的朋友各各是俊男美女，接連走到麥可面前來敬酒都是一樣的說詞。

他知道女王找他來這裡，是爲了幫助他能開心一點，他無法招架這群年輕人的攻勢，可是天生的個性又不愛認輸，就跟這群人對上了，左一杯右一杯到底喝了多少並不清楚。

他頭痛欲裂緩緩睜開雙眼，心想，這是哪裡？躺在一個陌生的地方，居然整夜都沒有回家，掙扎著沉重的身體趕緊起身，這時才發現身旁躺著一起出門的女子，還睡得很香。他被灌得很徹底，毫無招架之力，否則怎麼會連上了誰的床都搞不清楚？每回越想解決事情反倒把事情越弄越複雜，接下來會是怎樣的發展？他完全沒概念，頭持續的隱隱作痛，很想躺著繼續睡，可是又擔心孩子有沒有平安的到學校，走路到學校雖只有十分鐘，但還是放心不下。

「這是哪？我該回家了，喝酒還眞是誤事。」

「別急，等一下我會送你回去的，寶貝。」

到底做過什麼不必解釋，現在兩人的關係變了，連稱呼都改了，他的頭疼還沒消失，這下連心也開始發慌，昨晚的一切像是被擦得一乾二淨，怎麼都想不起來，女王翻過身來朝他臉上親了一下，他知道自己做了什麼。

「我們現在是男女朋友的關係嗎？」麥可謹慎的問。

「是啊！要不然你怎麼會睡在我的床上。」

在過去這麼多年，就算會出去喝酒但也沒徹夜不歸，更何況孩子還這麼小也不可能這麼做，更別說是隨便睡在別人家的床上，他對自己的失態無言以對，也不該表現出一副宿醉的無辜的模樣，這一切都是自己的錯，找人訴苦搏得同情，是自己太脆弱了。

「我們是不是該好好聊聊，但我真的要回去看孩子是不是平安。」

「那你等我一下。」

接著走進化妝室打扮完出來，開車送他回家。

「孩子不在家，應該是去學校了，我要去學校看一看。」

「好，我送你去。」

來到學校總算放心看見孩子在校園裡跑來跑去，這下才安下一顆不定的心。

「這下你放心了吧！走，去見我媽。」

「什麼事要去見妳媽？」才剛放下的一顆心這會兒又跳得亂七八糟。

「談工作的事啊！你不想做事嗎？我們一起合作肯定可以做出很棒的成績。」

這下他怎麼有一種被牽著鼻子走的感覺，心裡有些疑問，可又無法拒絕。

「讓我先回家梳洗一下，順便再換一套正式一點的衣服，可以嗎？」麥可有點茫然。

「當然好，走吧！」

在競爭激烈的社會底下，麥可見過太多優秀的業務工作者，其實無論再怎麼會包裝最後都是要露出他的爪子來的，這一幕出現的時候通常也是最血淋淋的，有些人會選擇任人宰割，是因爲刀已經架在脖子上了；而有些人會選擇奮力搏殺看結果會不會逆轉，如果眞的遇上了老練的對手，那就不用考慮，死路一條。

他恨自己身在這樣的遊戲規則裡，問他會不會玩這個遊戲，他會很肯定的回答，沒遇到過什麼對手，這個答案顯得與他的生活很不對稱，應該比任何人生活都要好才對，就因爲他痛恨這種遊戲規則，所以不想盡力也不想再有任何失去。

簡單的說一個故事就能明白了，一個來自眷村的孩子沒念什麼書，沒任何財力背景，三十歲以前就開公司養全家老小，如果不是有過人的業務能力怎麼可能辦得到？就是因爲這個能力讓他賠上了家庭所以他痛恨這個能力，他把前妻訓練成一流的業務高手，最後這些方法全用到自己身上毫不留情面；他的兄長在他身上所烙下的傷痕更是令他心痛，若他不是被環境所逼，決對不會再碰業務工作，因爲那樣現實的嘴臉令他深惡痛絕。

「媽，麥可來了。」

「大姊，好久不見。」從上次他們在國外見面之後就沒再碰過，麥可那次表現太過活躍，大姊對麥可的印象極深。

「聽說你離開原來的公司，來我這幫忙，跟著我女兒一起做怎麼樣？」

「我能幫得上什麼忙？妳請說。」

「在我的業務單位底下我要再成立一個營業處，由我女兒來帶領，你來幫她把業務搞好。」

「這是要我來做業務工作嗎？」

「是，因爲我女兒比較會發展組織，所以由她來領導。」

他再一次的跌進一場業務競賽中，開始就在別人的計畫裡任人擺布，最後該由誰來打頭陣，這是一種業務模式，如果不做或表現不佳的話，那彼此之間會是一種什麼關係，這點完全可以預測得到，可是他需要錢還銀行貸款。

帶著這樣的心態要如何工作？不但要解決自己現實上的問題還得顧慮工作上配合的問題，最後好的光環不會在他身上，壞的肯定照著。

但他是個病人，表面堅強的病人，一個心態不正常的人行爲怎麼會正常？

木偶
當
跳著流行的圓舞曲展現曼妙的舞姿
博得滿堂喝采
掌聲不是給他而是操弄者
當
滑稽的肢體動作令台下觀眾捧腹大笑
歡樂卻是來自於他的滑稽
下台後被丟進道具箱裡
因為
他在人手上

10／義工

不計酬勞的付出
真要註解這含意太深遠
無能為力
可確實是一劑不錯的良方
為人服務產生的價值曾多次幫助他走出谷底
助人為快樂之本
是真的
找到快樂
就是找到出路
一條跟所有人分享快樂的路

到了經紀人公司上班，總是提不起太大的熱情參與，內心像是一潭死水，激不起浪花，麥可大部分時間還是放在孩子身上，參與他們學校安排的一切活動。

在一次飛牛牧場的宿營活動。「螢火蟲，隨著都市開發的程度越密集，它的生態環境也在迅速改變之中，現在城市裡已經看不見牠的蹤跡了，所以等一下我們觀察牠的時候，記得先關掉你們的手電筒。」這是生態導覽員的一席話。

這是一次安排孩子二天一夜的戶外教學，多了解大自然的奇妙生物，一路上針對很多植物及昆蟲做實際的觀察跟解說，這是除了在教課書印製的圖片外從未見過的，在都市成長的孩子尤其興奮，麥可全家也是樂於參與這樣的活動，從來不缺席。

「老師，請問一下，螢火蟲最喜歡的棲息地是什麼樣的環境？最愛吃什麼？」

這位專業的森林解說員侃侃而談，引起孩子們極大的興趣，不停地追問許多有趣的問題，麥可身在其中，也吸取到很多意想不到的知識。天地之大何其廣泛，他甚至感覺自己的存在與否還不如一隻螢火蟲，無法帶給人一絲光亮，一隻螢火蟲的光，就能帶給人一點溫暖的希望，他產生很強烈的好奇心，是什麼力量推動這群志工？

「老師，請問你做導覽志工多久？」

「快七年了。」這不是從他當單親爸爸的時侯開始嗎？

「那你做這個收入好嗎？」

「我這是義工，沒收入的，我平常是在漁會工作，這只是我的興趣，喜歡跟孩子分享一些他們沒見過的事。」

「義工，不會很辛苦嗎？」

「我們是照輪流的方式來服務，今天剛好輪到我。」

「其實我也很想當義工，可是我什麼都不會，光學到像你這樣，能講到讓孩子聽明白，自己恐怕就要記破頭了，我做不來。」

「那你會游泳嗎？」這個四十出頭的中年男子突然問了一句這話。

「我當海軍，游泳應該還行。」

「那你明天結束後到內湖來找我，我有一份資料給你參考。」

「是做什麼的？」

「義工。」

這是個初夏的季節，天氣開始熱起來，孩子們上學後，麥可腦海中一直出現那個四十幾歲的中年男子，到底自己是說說而已還是真的想當義工？以前了不起是去孩子的學校指揮交通，協助小朋友過馬路，要去做什麼義工？如果只是出點錢出點力，在能力範圍以內他也常做，決定先去看看！

「請問林老師在嗎？我跟他有約。」

「在，請等一下。」

這是一個找了半天都不相信的地方，居然是藏身在民權大橋的下面，麥可開車繞了很久就是找不到門牌，原來門牌在橋下。不是笨，一般人看見橋下除了大型的垃圾車以外，誰會相信裡面有一個橋下辦公室，眞是費了九牛二虎之力，如果告訴別人他做過房地產，而且還是連續十次競賽的冠軍誰信啊？

「請進來坐。」

「林老師你好，不好意思，遲到五分鐘，因爲路不熟，不知道你找我來，有什麼能幫得上忙的地方？」

「今年的水上救生訓下周就要開始了，我想你來報名參加，結業之後就可以成爲水上救生員的一分子，參與救援的行動。」

「讓我當救生員，我四十歲了，還能救人嗎？會不會學到一半被人家救？」麥可相當驚訝的回答。

「只要你有信心，我想肯定是可以的，就看你敢不敢面對挑戰。」

他面對的挑戰還少嗎？過去七年裡眞是點點滴滴在他心頭。

「我願意嘗試，謝謝你給我機會，我全力以赴。」

這下當場報了名，繳了基本訓練費，回去的路上經過潛水用品專賣店，還特地去挑選了相關的裝備，回家後照著鏡子看著自己，皮膚是遺傳的，超白矮胖的身材，居然幻想自己是一名救生員站在岸邊帶著哨子，如果有人敢超越警戒線立刻上前制止，邊想自己居然邊笑起來，原來義工這麼有意義。

麥可報到的第一天立就刻想掉頭走人，場面實在太驚人，內湖水上救生隊來的教練各個精壯，包括推薦他的老師，四十個學員平均年齡不到二十歲，扣除麥可跟另一個大叔，這樣的場面一起著完裝後一字排開，裡面大部分是各校的游泳隊選手，而他只是一個在海軍服役，游泳池裡不致淹死的老兵，他眞想找個機會尿遁消失不見。

「各就各位，第一趟我們先測試二百公尺，不管游泳姿勢標準與否就是全力衝刺，我們會開始計時，預備，走。」總共四組，他被分配在第三組。

每個學員在水中所展現的英姿像是在參加競賽，這樣的游泳競賽麥可從未正式參與過，他站立在岸邊已經像是個等待救援的溺水者，壓抑著心中緊張的情緒，但雙腳的微微顫抖卻騙不了人。

「李先生別擔心！游快游慢不是重點，先把全程游完，慢一點沒關係，我們接下來的訓練是爲了救人不著重在快，先把體能跟技術慢慢磨練起來，你看我就比你還年長，別擔心。」教練站在他面前鼓勵著他。

說的一點也沒錯，這位教練是比較年長而且還又矮又胖，如果他可以，那麥可怎麼也想試一下。

「教練，謝謝你的鼓勵，我一定全力以赴。」

這哨音一響起，他一個鯉魚躍龍門的姿勢向前一躍跳進水中，根本搞不清楚換過幾種泳姿就一個勁的死命來回游，反正是要游完全程，估計是喝了三口水以上，等他靠近岸邊的時候發現大家已經開始整隊準備講課了，唯一剩下他還在泳池裡爲了那二百公尺而努力。不像電影裡的情節，一般其他學員會給落後者掌聲、加油聲、尖叫聲，而他只是默默爬上岸坐在最後的角落，就連另外那個大叔都比他快半圈，好不容易撐完第一天的訓練，他回到家裡炫耀。

「哥哥妹妹，爸爸今天去參加救生員訓練了，以後帶你們去游泳都不用擔心，因爲我將成爲一名優秀的救生員。」

「爸爸最棒，最厲害，要當救生員，要去救人了。」孩子比麥可還興奮。

爲期八周的訓練有一半是在游泳池裡及岸邊的講解課程，但有一半是在新店溪的河裡跟基隆北海岸的龍洞，這眞的是體力與耐力還要加上團隊默契才可能完成的訓練。

「你覺得辛苦嗎？」

「教練，眞的很辛苦，讓我下水超過二小時不能上岸是很大的體力負荷，有很大的壓力，不過總算習慣了。」

「跟一個人帶兩個小孩哪樣苦？」

「你怎麼知道我是單親爸爸？」

「林老師說的，說第一次你們在校外教學的時候有聊起帶孩子的經驗，他說從你的眼神裡看見你堅強的一面，比他認識的人都要勇敢，所以推薦你來受訓。坦白說你的表現也讓我們很震驚，原本看完你的泳技想你應該撐不過三周，沒想到你居然能撐到最後，這點讓我很佩服你，其他年輕的學員也覺得你這個大叔不簡單，不像外表那麼柔弱白白胖胖的。」

「因爲我答應孩子，要去救人。」

「你眞的是一個好父親。」

麥可從跟兒女說參加這樣的訓練開始，兩個孩子就常常跟他們的同學講，他爸爸是個救生員，如果出去玩水只要有爸爸在就會保護他們的安全，所以後來在校外教學上他都是扮演一個水上救生的角色。

「我只是做好父親的角色而已。」

八周的時間過去，他瘦了，體重下降到只剩下七十三公斤左右，他的皮膚不僅白而且是曬不黑，只要曬過頭就發紅脫皮，站在其他救生員旁顯得很不協調，但完成受訓的目的是爲了投身義工，並且減少每年夏天可能會發生的不幸意外，很多年輕朋友愛聚集的海岸邊就是他們的執勤場所，他被分配在新店溪靠近碧潭一帶的河域。

紅色的帽子、黑色的墨鏡、紅色的短褲，身上還背著救生浮標加上哨子，在日正當中的艷陽底下一站崗一小時，三人輪流，休息時可以躲進大帳棚底下，每個星期假日要去報到，這就是義工，犧牲自己的假期換取別人生命的安全，麥可要帶孩子，所以孩子也跟他一起去執勤。

「救命啊！救命啊！」一名國中女學生大叫。

其實這裡的水域他們已經來回游過很多次，非常清楚哪裡有暗流哪裡有高低差，因爲水的表面不會發生危險訊號但在水下卻充滿危機，越是會游泳的人就知道最危險的地方是河流溪邊。

這天是他感受非常強烈的一次，一群國高中生在溪水中嬉戲，其實離岸邊不過五公尺，但幾個同學玩水的時候互相推擠，把女學生往水深的地方推出去，一步踩空，向後一跌掉進水深的坑洞中，開始大呼救命，邊喝水邊向下沉，他們一共三位救生員幾乎同一時間跳進水中，潛進水底將她拖出水面抱上岸來，估計前後絕對沒有一分鐘，她已經嗆水但並未昏迷，當下請女性救生員給予安慰照顧。才一分鐘不到就覺得恍如隔世，女學生返家後一定不會跟他父母說起這段經歷，如果他們不在那裡，那麼這位學生的家庭還會不會完整？這麼年輕的生命若從他的眼前消失他會多麼的自責！還好有紅十字會的水上救生隊在現場，而他也是其中的一員。

「眞的要小心，出來玩要注意安全，別讓家裡的父母擔心。孩子都是父母的心肝寶貝，要是發生問題眼淚會流一輩子的。」他再三叮嚀女學生。

「我知道了，以後會小心，謝謝你們。」年輕的孩子應該是懂了。

這個社會有很多人每天在講良心道德，講得越多好像就是做得越多，就像做父母常叫孩子多念書或是多講大道理給孩子聽，就算是盡到責任了，因爲說比做容易，孩子最後可能也會是動口不動手的「君子」，這是眞君子？。

大奸似忠，大僞似眞，嘴巴盡說好聽話表明自己是好人的時代，讓它停留在歷史裡，別再一直教人用嘴巴講好話了，把人都教育成口是心非的小人，也別一直宣揚自己積了多少功德，這世界不缺這種播音器，缺的是「眞」。虛假不停地在我們周圍放大，人人都學會在人多的地方尋找表演的舞台，靠著三寸不爛之舌自我吹捧，自抬身價，讓年輕人盲目的追逐偶像，卻忽略了實質的內涵，如果找不到「眞」那只是多假的區別而已。當然沒人能到達眞的地步，這不是繞口令而是追逐的方向，追求眞實，就是執行而不是說教，生活簡樸就是執行，豪奢浪費就是說教，我們眼睛看見一次買十間以上帝寶的人卻說自己在做良心事業，你信嗎？主持節目沒事就坐人大腿上，說是良家婦女，你信嗎？口口聲聲爲民服務，卻只拆別人家，自己家留下說計畫剛好沒經過，你信嗎？沒人不犯錯的，但犯得理所當然的人最可惡，裝模作樣想當聖人，不如少曝光少害人。

孩子在長大
他看起來很健康
似乎是度過了危機
不，他不健康，而且是從根部爛起
病只是轉移
他不去觸碰那改變不了的部分
可是不面對的事不代表他不會來找你

11／矛盾

左右搖擺不全力以赴
做也不是不做也不是躊躇不前
心意不決
就連好壞都分不清
優柔寡斷的性格
注定失敗
趕走他
別跟他客氣
別相信宿命那一套全是放屁
睜大眼睛看清楚
勇敢是它最大的剋星

學會自我欺騙開始成爲麥可生活的重心，就像是一名癮君子明知道錯的東西卻又一直吸食，想盡辦法擺脫卻又想盡辦法掌握，這樣的方式好比一直唱著同一首歌曲「明天會更好」，專門用來麻痺自己的靈魂。

他內心期待有一個懂他的人一起打拼未來的人生，又必須確定那個在眼前的人是他要找的人，這樣的難度連自己都沒有一定的把握，當然不會有人符合條件，這是錯的，人終究是自私不會先付出，怕受傷。

這三年裡他的業績表現並不突出，沒有熱情就沒有成績，甚至沒什麼進取心，他眼裡見到的是一群人靠著話術包裝，把人的腦袋搞成一團漿糊來完成所要達成的業績目標，如果是這樣又何必做這件事？任何事都可以用這種最投機的方法引人上鉤，只要狠下心來好話說盡，最後再把事情做絕，這有什麼難的？他抗拒這樣的工作文化，也就激發不了動力。

「麥可，你的業績表現很普通，我認爲你的實力有問題。」

「最近太累，雜事太多。」他的工作實力眞的沒問題，他是一個連上市公司都靠自己去開發的人，而且連續做過數件年繳百萬以上單子的人，就算在業界也不算常見。

「那你要不要調整一下做業的模式。」

「我會調整，謝謝妳。」

他可能有一種悲劇英雄的情懷，小時侯 直覺得自己將來一定要上戰場打仗爲國家捐軀，這才是男人活下去的理由，否則不死怎麼能證明你會爲了保家衛國而拼命？唯一能證明你是英雄的方式就是死，他覺得此刻唯一能對抗的方式就是證明你看走眼，自己沒那麼好，找到的不是寶而是草。

「那你有什麼計畫沒有？」

「我準備朝整個大型機構的福利計畫案來努力。」他滿腦子計畫不想說出來，因爲沒人願意明白？

「這是什麼計劃？」

「補強所有退休人的生活不足，從激發夢想開始。」

簡單的說，就是單純聊天兩小時，把未來想過的生活慢慢的銜接起來逐一落實，這是可放大跟縮小的，很多人擔心縮小就沒有市場這是錯的，因爲計畫只要改變就是市場，不過他決定閉嘴，就算講了也沒人聽。

「那你打算怎麼開始？」

「隨時想做就開始。」

「那你什麼時候想做？」

他心想，妳問錯了，應該問這麼好的計畫爲什麼不執行呢？他不是機器人，不接受指令，他要找到「值得」這兩個字。

「快了。」逼這種人是沒用的，他要的是看不見的東西不是數字。

他常在心中吶喊，在一起的時間不算短，卻還一直在門口打轉，現在做的每一件事都是讓彼此放手！早已經不適合在一起了，走了那麼長一段路還不能明白嗎？彼此的想法不同，他想的是彼此跟孩子的未來，沒有個人。

「晚上一起吃飯？」

「接完小孩再連絡吧！」

湯米很快要小學畢業了，任何人都應該知道他的孩子只有這個父親，如果不以他們爲第一優先那他們要如何生活下去，更何況兩人在一起的一段時間也不能適應這樣的生活。

他離開公司回到隔壁大樓自己的工作室，這是一間二十幾坪屬於個人的辦公室，大廳是簡潔原木的線條設計，搭配大尺寸拋光石英磚顯得俐落，聘請一名私人的助理幫他處理瑣碎的事務，歐式的皮製沙發組，另外有私人的視聽間跟高級音響，房間裡擺放著大師級的銅雕跟油畫作點綴，意大利式的辦公桌上是最新的電腦設備，只有在這裡他會盡情的釋放心中的壓力，手中握起一杯威士忌嘴裡叼著雪茄，聽聽音樂想想未來，雖然沒有認眞在目前的工作上，但他有一套投資房地產的本領是不會被取代的，下午四點半還要開車去學校接兩個寶貝孩子放學，開的是離婚前買的同一款賓士車。

其實孩子早已經大到可以自己走路回家，路程只有十分鐘的距離，可是他還是接送兒女上學。

「寶貝，今天好不好，在學校有沒有聽老師話啊？」每天同樣的話也講不膩。

「爸爸今天晚上要吃什麼？」女兒最愛問的問題。

「你們愛吃什麼我們就去吃？想不想跟阿姨一起吃啊！」

「她好像不是很喜歡我們，是嗎？」

「不會，阿姨說很喜歡你們兩個寶貝，尤其是臭妹妹。」我看見這兩個小孩一直笑。

「我很臭嗎？」

「妳是我心中最香的心肝寶貝。」

雖然如此，麥可還是親眼見過有同仁很鄙視他的孩子，講出很難聽的話來，他一直不能理解在人性之中爲什麼會有這個部分，對遭遇不幸的對象還要幸災樂禍，不是應該多付出一點關心跟愛才對嗎？因爲是人類啊！

「如果不願意，那我們自己去吃。」

「好，去吃牛肉麵。」哥哥眞是個直接又誠實的孩子。

他無法忍受孩子遭到別人的輕視，縱然孩子都有缺點，那教育他的跟養育他的人才更應該反省，社會的太多元及資訊的錯置也常會傷害孩子。

他打電話跟女友說明，晚上不能見面了。

「吃完飯我們今天住在另一個房子裡，裝潢得很不錯喔！」

「那裡面有光碟機嗎？」哥哥問我。

「當然有啊！你想去租電影是嗎？」

「對，還有買冰淇淋跟披薩。」

「還想要別的嗎？」他真的好喜歡看見孩子滿足的笑容。

有時會帶孩子去看他的作品，如果是周末，會順便在那住上一、兩晚，簡單的跟孩子說說他的想法跟做法，當作是機會教育，雖然跟孩子溝通的方式是童言童語，可發現他們正一天天的成長。

很多人都因為這點想跟他一起做房地產投資，覺得他眼光有獨到之處，看物件很準，沒有失敗的記錄。沒錯在這之前，確實沒有過失敗的紀錄，但天底下有一種人你不會防他，就是家人，這是後話。

「大哥，我有幾間值得投資的案子你要不要評估一下？」

「說來聽一聽。」

「大哥，事情是這樣，我在土城看中三間房跟別人投資一起買，可是這個人突然跑了轉不過來，一定會賺錢你要不要考慮一下。」

「你就是要我救你就對了，其他的都是廢話，對嗎？」

「眞的會賺錢啦！」

「眞的會賺錢沒人會跑，可是你知道我從來不做台北以外的物件，你講的地方我連找都找不到怎麼做？」

來找他的這個年輕人已經認識十多年，很有企圖心，想學做房地產投資卻遇上個老奸巨滑的夥伴，一看苗頭不對拿了錢拆夥，丟了一個爛攤子給這年輕人，不知道他從哪裡打聽得知，麥可是救生員喜歡救人，跑來找他。

他答應去看看，雖然對土城不熟，可是這個遊戲跟熟不熟沒有很大的關係。

「難怪人家會跑了，這三間都是你選的嗎？」

「是啊！」

「要是我也不會做。」

「爲什麼？價錢很便宜啊！」

「價錢跟賺錢是兩回事，還要考慮時間成本的問題，你犯的錯是太貪心，同時買三間又不會包裝，就算是二勝一敗你還是輸，既然會輸，就沒人會跟你搞這三間房子。」

「大哥，救救我，我會被我丈母娘給殺了，其中一間是我用老婆的名字買的。」他絕對要改掉這心軟的毛病，但講的容易做起來難。

「我出一半的錢，分一半的利潤，只救你這一次，學會後自己慢慢做，別想一搞就發財。」

「大哥，你不是說會賠錢，又說能分一半的利潤這怎麼可能。」

「可不可能看人做，你選的每間房都有問題，其中一間問題很大要非常小心，另外兩間還勉強會勝也得包裝處理，你做事像是在碰運氣沒標準，很麻煩。」

「那你的意思是我會解套，還有錢可以分？」

「沒錯，但你要照我跟你講得去做，不能打任何折扣。」

不肯跟他合作的這個人有設計跟木工的底子算是高手，但麥可也不是泛泛之輩，所以花了點心思跟年輕人交代如何完成這幾個案子，前後一個鐘頭，甚至把每一間的賺賠金額跟會處理掉的時間都寫在一張紙上，年輕人一生應該都會看著那張紙條發呆，反覆的問自己怎麼可能有這種事？一點也不奇怪，就看你有沒有用心。

這段時間他沒有空閒的機會，每天都有人找他吃飯喝酒，那私人的工作室裡會有視聽間也是為了一群吃喝的朋友準備的，他最近常在想人生最有趣的事是什麼？得到的答案是落魄。

「麥可，你回來啦！我們等了你一下午。」

「有什麼事要副總親自來等我，打個電話叫我過去就好了。」

每天要見的人形形色色，都有自己的一套也有自己的目標，而表面光鮮亮麗的麥可其實只想把孩子平安的養大，爲了這一切又不得不周旋在這群人之間，其實他在銀行的負債一直再增加，只是他的收入來源可以覆蓋這個部分，金錢的遊戲原本就是乾坤大挪移，擺對地方運用效益來解決負債的問題，只要處理得宜還有可能致富，這麼簡單的道理很多人都懂。

他為什麼要一直說自己是一個病人？
又為什麼會是一個乞丐？
因為他的所作所為
賺再多
都不夠花
還負債
持續下去當然會是乞丐
那一定是賺不夠才這麼說
一年一千六百多萬還負債是不是有病？

12／活該

像劍客
死在劍下那是應該
死在酒桌上煙花柳巷中
那是自找的該死
不在自己專業上一較長短那就叫該死
放下手中的劍
認為對方年幼又或老邁可欺
還是該死
這三個該死加起來
就是活該

「本是同根生相煎何太急」，人活著是要付出代價的。

曹植這七步成詩最感人的一句，常讓人再三反省，到底是什麼容不下這個親弟弟，史書的精采論述，加上現代歷史劇編撰後的細緻創作，透過螢光幕呈現出曹植為了求生存的掙扎，每走一步就離死亡線越接近，營造出的緊張氣氛讓人彷彿身歷其境，但同一時間腦海中又充滿著問號？已經當上皇帝的哥哥卻還是忌妒一個有才華的親弟弟，非想他死，其實就算他死與不死，歷史上終究留下一段千古的罵名，人盡皆知。

「麥可，你眞的很厲害，跟你投資才短短幾個月我的獲利超過兩百萬，如果還有甚麼好機會大家再一起合作，一定要把我列為第一優先的合作對象。」這只是最近幾年跟著他的投資者，其中之一而已。

麥可眞的沒那麼熱衷房地產這樣的投資，雖然生活的重擔一直都在，可心中的空洞也一直都補不起來，這件事在他心中一直存在著陰影，純粹是為了證明自己的眼光獨到，所以只承認自己是一個賺錢的工具，錢花完的時候就做一下，不在乎錢也不在乎是否還有負債，朋友看他像凱子似的花錢方式，不斷的吹捧他能幹，想盡辦法跟他合作。

他心知肚明自己只是一顆假的鑽石，遠看勉強還可以，近看一切都會現出原形，靠著吊兒郎當的外表，用來掩飾自己內心的怯弱，擔心會被人看穿內心的恐懼跟害怕，就算是在自家人面前也是表現成這樣，不斷運用外在的裝扮跟行爲來混淆別人對他的判斷，沒人教過他要怎麼面對自己這樣的處境，眞像是瞎子過河，無法預知下一步會不會淹死。眞實的他，從離婚那一天獨自帶著兩個年幼的孩子開始，就已經變成一個膽小怕事的人，將恐懼不安深埋在心裡，但這樣的做法就是讓他後來吃盡苦頭最大的原因。這像一顆種子將它埋進又深又肥沃的土壤裡，讓它暫時蟄伏，只要有一天相關的條件齊備，它開始成長萌芽，到時再怎麼用力甩，那株帶刺的荊棘也不會被清除乾淨，它的根早就連在心上，這前後轉變，歷經十五年，直到孩子長大才恢復正常。

「麥可，最近有沒有出去看看案子，帶著我們賺點錢嘛！」

「還沒賺夠啊！幾個月賺的錢應該夠你吃喝好幾年了，還有什麼不滿意的，別太貪心。」

「不是貪心，是投資，如果有好的標的物你不去做，別人也是會去搶著做，不如我們來合作。」

「我最近跟別人還有幾個案子沒結束，等過一陣子再說吧！」

這位副總經理，跟他合作過兩個案子都在很短的時間就獲利豐厚，現在手上有些資金想要繼續投資，之前的配合還算是愉快，一個出錢一個出力，一起賺錢。

麥可雖沒受過父母以外的家人一絲恩惠，但當發現有人捧著資金跟他合作時，那不理智的感性又跑出來了，或許是父母都不在人世，而兄弟之間也沒什麼來往，他偶爾都會去探望一下自己的兄長，其中也有從事房屋買賣的工作的哥哥，希望透過他的關係能幫兄弟也賺點錢。說實在的，他大可不必這麼做，市場上他來往的服務人員全都是各集團的佼佼者，但心裡總想著能賺錢要顧著家人，錯就從這裡開始的。

「大哥，你最近手上有什麼值得投資的案子嗎？有的話讓我參考一下。」

「有一間店面，就怕你現金不夠，否則值得投資。」

「在哪？多少坪？多少錢？」

「敦化南路的巷子裡，巷寬，面寬，坪數又大，好停車，總價差不多五千萬。」

「先去看看吧！」

他確實沒這麼多現金，而且還有一些正在處理的案子還要負擔貸款，就想起日前找他合作的那位副總，他手上資金多，總之，看滿意再說。

一點沒錯，巷寬，面寬，原本是個中醫診所，環境條件地理位置都算上等，使用坪數聽了口頭說明也還算滿意，這最後就剩下價錢問題，這點能克服，他就打算讓自家人賺上這一筆，其他的事他自己會去處理。

「價錢還有空間嗎？權狀坪數沒什麼問題吧！」

「四千五百萬已經是最便宜了，還有別的醫生搶著要，之前一個買賣名錶的珠寶商要不是出國，也出高價等著要，你若不買別人可是已經付斡旋金在等了，我看要不你等下次機會好了。」

「既然你是我親哥哥，我相信你，只要你說的產權沒問題坪數確實，給我一天的時間我來做決定。」

「就一天，別拖時間，別的客戶還在等呢！」

「我知道。」

自他離開這裡起，麥可已經步入人生最接近死亡的一次陷阱，他沒看任何的書面資料，以他十幾年的經驗判斷這個位置失敗的機率不大，再加上對方是親人，怎麼樣也不可能騙他，更何況大門上還掛著銷售的帆布，記載著詳細的坪數資料，權狀一樓加上地下室九十一坪，使用可達百坪，雖然一樓小一點但門面不差，沒多大問題。

「副總，你上次找我投資的事情，今天我看見一個不錯的店面有沒有興趣。」

「當然有興趣，只要是你介紹的，都有把握會賺錢，在哪？什麼時候去看看？」

「敦化南路，要就現在去看，好東西不等人，決定了你就要準備錢。」

「沒問題，我們現在去。」

他一路上把大致的條件說明了一遍，其實副總一家人裡又沒有專家，看房子只是一個過程，會做投資全部是因爲信任麥可的判斷能力，也沒拒絕過他的邀請，所以有相當大的把握副總會參與。

「你們看完覺得怎麼樣，要不要我再進一步說明。」

「不用，我們信任你的判斷，差不多要準備多少錢？」
「前後接近兩千萬。」
「什麼時候要？」
「簽約時就要準備一千萬，如果準備好明天也可以簽約。」
「好，我回去算算給你電話。」
他的想法很簡單，早點決定早點做簽約的安排，讓事情進入下一個階段，就是重新包裝銷售。
麥可是個舊思維的人，早就該被淘汰在歷史的洪流裡，排行老么，從小父親常帶著他跟很多叔叔伯伯見面，這些人如果在世都超過一百歲了，常耳濡目染聽大人們談做人做事的道理，結果沒有一條是在現代可以用得上的，用了全是死路一條，還會被人拿出來教訓不斷說他笨，其實他不笨，只是思想守舊跟不上時代，被洪流淹沒而已，但論對錯未必是活著的時候，也可能有一天死了之後孩子有出息了，幫他成立個基金會，嘉惠後世，彰顯他曾經存在的價值也不一定。
「麥可，我們決定投資，但你還是得開一張保證獲利的支票押在我們這，沒問題吧？」
「這沒問題！」
這是這個遊戲的一部分，人家出錢的人怎麼樣也該給人一點心安的憑據，所以他開了一張一千多萬的支票壓在副總那裡，用大腦想想，他如果有一千多萬還需要找人合作嗎？每個案子分人家幾十萬甚至幾百萬，不會自己單獨賺就好了，不過如果他不那麼喜歡裝大哥，不那麼喜歡搶著付帳，一千多萬是可以存下好幾個。

前後不過一星期，這個店面就買下來了，接著處理這種事對他而言是駕輕就熟，找個好公司有大品牌的仲介，經過包裝加上兩成價錢再重新推上市，只要產品定位沒問題是不怕沒客戶的，他認識的都是第一品牌大后級的銷售人員。

「李大哥，今天怎麼有空來看我。」第一品牌的天后連續九年的年度冠軍，認識的第一印象就是親切有禮，講話犀利不拖泥帶水，還有就是商周的專訪資料，不斷的錦上添花，塑造成神一樣的銷售形象，已經前後幫麥可處理好幾間房子了，他也會幫天后介紹一些客戶，她剛好工作的地點就在信義路上，離買的店面走路只有三分鐘，這其實也是麥可當時買這店面算計的一環，有天后在一個月內穩賣掉。

「我來找妳都是報妳賺錢的事，這次妳又可以賺一筆人錢了。」

過去幾個月天后光服務費就收了麥可兩百多萬，麥可算是個付錢爽快的賣家。

「這麼好，是哪裡的案子？」

「從這裡走路只要三分鐘。」

「別賣關子？在哪？」

「就在妳們公司後面的店面，怎麼樣，開心吧！」

講完話後他臉上還顯得很得意的表情，認爲天后應該起身尖叫，誰會把錢送到手邊，只要一伸手就能放近進口袋裡去，眞的是天上掉下來的禮物，他確實看見驚訝的表情，卻不是興奮，而是哀愁。

「李大哥，是中醫診所那家嗎？你別跟我開玩笑了，以你的經驗你是不會買那個案子的，故意嚇唬我吧！」

「妳說什麼？我沒騙妳啊！是眞的買了，我不覺得貴啊！」

「是誰介紹你買的？」

「我親哥哥。」

「他做房仲多久了？」

「快二十年了吧！」

她沉默了，天后起身幫麥可倒一杯咖啡，可能是不知道要說什麼，過了幾分鐘擠出一段話來。

「李大哥，我們算是朋友吧！爲什麼你要買一間我們公司旁邊的案子，都不知道給我一通電話呢？我又不會阻止你，反而會給你一些基本的建議，就算你經驗豐富可以當作參考也無害啊！現在這件事麻煩了，這個案子我不能幫你處理，公司有規定不能處理產權不清的案子。」

「什麼？產權不清？怎麼可能。」

這個世界還有人可以相信嗎？

憑對這行的專業，他只要肯花一小時任何問題都能察覺。

怪自己

還是怪自己

永遠都是自己不小心

又沒人拿著槍逼你往裡面跳，是你自己心甘情願跳下去。

麥可早該被這世界給唾棄，根本不適合留在這裡。

這地上就無他可容身之所

單親帶孩子九年

體重僅剩七十公斤了。

13／遷怒

爆發了
這是他一生犯下最大的錯最可惡最不值得原諒的錯
人都會犯錯也都會悔改
但有一種最讓人受不了就是搞錯對象
小題大作成了出氣筒
他做了
他認了
他錯了
他一定會認真悔改
心肝寶貝
女兒

這是繼婚姻失敗以後，麥可人生在工作上最大失敗，原本以爲快要爬出深淵，卻沒想到是重重的跌落萬劫不復的谷底，眼前的他像一隻驚弓之鳥，緊張又帶有神經質，等著被人獵殺，情緒幾乎是完全崩潰不知如何是好，女兒說要領養狗他同意，隨她便，女友說要離開，他說請便。

他完了，苦心經營的人際關係在一夕之間崩盤，被周遭的人當成騙子，說兄弟合謀欺騙好友上當，他躲在家裡不敢出門，像第一次離婚的時候整整兩年不敢出門，這次更久。

「麥可，你說產權沒問題我們才投資的，說權狀九十一坪結果只有七十九坪，少了十二坪，更離譜的是土地權狀少了三筆，連土地都不清不楚這下要怎麼處理，你給我負責。」

這世界到底怎麼了，坦白說這件事戳中他的死穴，他極力幫助周圍的朋友，不管是誰只要開口他就盡力去做，想讓周遭的人喜歡跟他在一起，甚至不惜負債借貸，將所賺來的錢全用在不相干的人身上，只想留下一點名聲讓人不要嫌棄，過去所做的一切在一夕之間全崩盤了，他開始變賣手上的物件、車子清償貸款，除了這個店面的問題他還沒能力面對，其它的在大半年裡全處理完了。自己的工作室裝潢花了一百多萬退租了；車子賠了八十幾萬賣掉了；銀行最後還有一些信用貸款還不出來，這一切爲什麼來得這麼急，因爲那張一千多萬的支票跳票了，他成了銀行拒絕往來戶，他沒欠人一千多萬，那只是一張爲了房子賣掉之後分錢用的保證票，避免投資方賣房拿不到錢，可是這房還沒處理掉，這位副總卻把它存進銀行提領，還附帶了一張存證信函給他，說要告他。

麥可不是笨到不懂法律，憑什麼告他，他才是最大的受害者，他出的錢出的力花的時間，甚至他損失的信用價值，有換到一毛錢是進口袋嗎？告他什麼？

可是他不想怪那副總把氣出在他身上，是他找副總投資這個案子的，副總是信任他才做的決定，他不想再做解釋了，當然副總也有控告仲介公司跟從業的服務人員，可是這時又需要一個關鍵的行爲證人，又是麥可。

他聽其他兄弟說起，這件事以後，做大哥的曾經跟他們哭訴，說自己沒錯也沒錢，要是被關那就抓去關好了，一副受盡委屈的樣子。坦白說這起事件唯一的獲益方就是服務人員，收了幾百萬的服務費，卻流出了幾滴令人無言的眼淚，這是他聽過最虛僞的行徑。

回到那首曹植的七步詩，本是同根生相煎何太急，他不知道人有沒有來生，父母合葬在關渡，每逢重要的日子都帶著兒女前去掃墓，孫子輩裡應該是他的小孩去的次數最多，單親的孩子，年幼的孩子，卻是祭拜爺爺奶奶最多次的孫子，要他站上法庭指證自己家人的這件事他不想做，他怕爸媽在天之靈不原諒他，可是擔的住嗎？跟離婚時一樣，他不知道，根本不知到前面有沒有路？又開始喝酒了，也在找地方搬家，兒子念國一了，女兒小六。

爲什麼急著搬家呢？三不五時就有銀行的催收人員上門要債，來收帳的人行徑口吻跟地下錢莊差不多，只是手上沒拿武器，但講話非常難聽，他確實是沒錢又信用破產，不敢出門做事，老覺得天底下的人都認識他，都知道是他害了朋友吃虧上當，所以一直躲在家裡喝酒也不出門，最喜歡的時間就是下午，兒子女兒放學回家我們一家團聚，其實他的情緒變得更糟更不穩定，經常性的整夜無法入眠，翻來覆去地責怪自己，直到天亮，只好趕緊搬家換個環境。

「妹妹，黑寶是妳抱回來的也是妳說要養的，妳可要好好照顧牠？」

他眞有病，此刻的他是自顧不暇整天提心吊膽的過日子，人已經是處在煩惱無助之中卻還沒事找事。當初把發達送給鄰居，現在又讓女兒從大安公園抱一隻黑不溜丟的笨土狗回家，眞不知道腦袋裡在想什麼。小孩子連自己都照顧不好了，還要他們照顧一條狗？果然這些事最後又落到他頭上，簡直就是自找麻煩，卻沒想到要不是牠，可能麥可都不存在這個世界上了。

他開始檢視自己有沒有存在的價值，首先覺得子女已經是個大孩子了，不太需要人特別照顧，就是簡單的吃喝跟住，加上念書花不了太多錢，養到這麼大應該算是對得起這兩個孩子，其次是他自己一生到現在也差不多活夠了，父母早都不在了，等於沒了親人，傷了他的兄長裝得比他還可憐，其他的只會說無能爲力，不值得提，身爲單親父親的只有一條靠自己的路，偏偏這條路被自家人毀得差不多，才會躲著不敢見人，會的工作又都搞砸了，除了尋死，他想不出其他能解決煩惱的事可做。

他多次站在七樓租屋處的窗邊，向下望，緊鄰一塊空地做停車場，只需要兩眼一閉向下一蹬，那一切都結束了。坦白說一定沒人相信他站上窗台不只一次，他印象中起碼有三、四回，像是在做暖身，會越來越熟悉站在上面的感覺，直到他開始全身冒冷汗的那次，他知道時機成熟了，因爲他開始坐立不安急著想站上去，剛開始的時候是自己想站上去，後來是被心態推上去的，這兩者不一樣，孩子都去上學，家裡就剩下他跟黑寶，這隻流浪狗是他唯一可以講話的對象。

「黑寶，爸爸走了以後你要照顧哥哥、姊姊，由其是哥哥從小就比較膽小，你要陪在他們身邊，知道嗎？」

兒子從小會將心事藏在心裡，他覺得兒子還是受到離婚的影響，有種被遺棄的感覺，膽子顯得比較小。

「黑寶，要聽哥哥跟姊姊話，知道嗎？」

這狗兒子好像聽懂了，不停地叫，又或著是被麥可淚流滿面的舉動給嚇出的叫聲，總之狗的叫聲讓他聽了很不悅耳，他大聲斥責狗，並走下窗台想教訓牠，不知怎麼人又清醒過來，覺得這種死法肯定會嚇壞兒女，那留下的陰影就更大了。

「黑寶你今天救了老爸，只要我還活著就絕不會丟棄你。」這是五年前他所做的承諾。

從那天起他不太敢靠近那扇窗，但也不代表人健康了，怎麼可能嘛！心理有疾病的人哪裡會有自知之明這麼簡單，最麻煩的是開始無法管理心理情緒的起伏，爲了一點小事會產生旁人無法理解的反應，嚴重的後遺症都是在事發以後才能得到答案。

這時麥可已經靠跟朋友借錢過日子了。一天，孩子們放學和往常一樣在自己房間裡做功課，他開始整理帳單，這是他最頭痛的時間，即便到目前爲止都還是他最頭疼的事，他會幫兒女準備手機純粹是爲了緊急或安全著想，雖然有再三叮嚀但孩子畢竟是孩子，他發現女兒的手機帳單將近二千元，一個小學六年級的學生讓他氣炸了，把女兒從房間叫出來，並問清楚緣由，他口氣極差。

「妹妹，妳在搞什麼，手機的費用居然要二千元，妳每天上課是在幹什麼？」他是用近乎咆哮的方式指責女兒，這其實很少見。

「去把書包拿出來，我看妳到底有沒有念書。」

他把書包整個倒在地上，發現裡面有幾十張小紙條，寫得全是小孩子間的情情愛愛的事，這件事情在他看來比被人騙還嚴重，他當下眞得氣到無法控制自己的情緒，命令孩子跪下，就拿起掃把狠狠的往女兒身上打，把兩個手臂都給打紅腫瘀青，更是口中惡言惡語不斷，嚇得孩子開始哭泣，卻沒有因此而停止教訓她，最後更揚言要打斷她的腿，他不知道爲什麼對一個孩子這樣爆發，他應該是在不管第幾次的離婚場合爆發才對；應該是在被騙之後衝去兄弟家把他痛扁一頓才對；應該是在那些曾經吃他喝他卻在落難袖手旁觀的人家裡丟一桶汽油才對。天底下有太多對他而言就是禍害的人存在，但他卻拿著掃把打著自己親生的女兒，他眞的有病，最後把女兒趕出家門叫她媽來接她走，他知道不是眞心要女兒走，可是他的行爲做錯了，這是不用狡辯的。

他讓兒子去看著他媽來把女兒接走，本想等氣一兩天她知道錯了就會回家，這可是獨自扶養他們十年的老爸，萬萬沒想到她媽做的第一件事就是去報警做筆錄告父親家暴，然後接著去驗傷，這一切當然都存在，最後交由法庭來判決誰取得監護權。

這是他一生之中最痛的日子，比她媽離開還痛，法院這還是第一次站在庭上，那位了不起的法官看起來很忙，不就是多念了幾年書嗎？一副掌管生殺大權的樣子現在想起來都令人作噁。

「你爲什麼打小孩？」

「法官大人，我並不喜歡打孩子，是這次孩子亂傳簡訊又亂寫情書，一個小學六年級的孩子，我是擔心跟緊張才會犯錯，是我情緒不好能原諒我一次嗎？」

「打了就是打了，小孩爲什麼一定要讀書，你上次傳訊爲什麼沒來？」

「不可能，我都有到。」

麥可沒錢請律師，每次都是親自到庭。從小參加兒女的學校會議、戶外教學，從來沒有缺席過，就算是雙親家庭都不一定做得到每次參加，他是視子女如珍寶的父親，怎麼可能會放棄？這個家暴官司搞了幾個月，最後資深的法官出來協商，除上課時間以外，所有放假日都必須回家跟父親住，他迫於無奈最後才妥協，但他知道這也將斷送了女兒的未來，因爲她跟騙子住在同一個屋簷下。

這樣的悲劇是誰造成的，每件事看起來都直接間接有著關連，
可最糟糕的是他失去了一個乖巧聽話的女兒
從小捧在手掌心上的女兒
十幾年苦心教育
卻經不起一點誘惑就忘了老爸
現在可以肆無忌憚的傳簡訊
晚了可以不用回家睡住同學家
每星期都可以找理由翹課
從不準時進學校
因為女兒他徹底的反省跟改變了
戒了所有的惡習
只希望女兒能看見父親的悔改，又瘦到只剩下六十五公斤了。

14／悔改

這是一條極難踏上的路
不是不做而是根本找不到那條路
做到了
因為不是找
那永遠找不到
是退
一直退
發現不對勁再退
退到身邊所有人都找到理由離開你的時候
就是那個點
作起點

麥可一人帶著兒女十年所換來的結果，身無分文，負債累累，妻離女散家破，還被朋友誤解，兄弟奚落，歸根結底是自作孽，這得要從很多方面開始檢視，因爲實在太亂很難理出頭緒。

過去這麼多年除了吹捧的言詞以外，他很少聽到批評的聲音，這不僅壓縮了他成長的空間同時也蒙蔽了他的雙眼，還好這個人也並非一無是處他懂得反省，可反省這事最好是有人能指出他的缺點，否則他拿什麼做標準來改過呢？

「兒子！老爸是不是錯得很離譜啊！」他開始找尋答案。

「不是很離譜，是非常離譜。」

「那老爸還有救嗎？」

「這我就不敢保證了。」

「你知道怎麼做會有救嗎？」

「我看你得從戒掉所有的壞習慣開始。」

「我有哪些壞習慣？」

「喝酒、抽菸、講髒話、罵人、有暴力傾向、浪費、亂交女朋友。」

「眞的有這麼多麼？」

「這還只是最嚴重的，其他小地方還沒算到呢？」

「你需要這樣嚇你老爸嗎？」

「不是嚇你是眞的，但你很愛我們，很照顧我們，很保護我們也是眞的。」

這不得了，原來他在兒子心裡存在著這麼多的缺點還不自知，但一個人如果身上帶著這麼多問題，不可能睡一覺起來就痊癒了，就算有心要改，應該也不可能幾天或幾個月就有成效的，最重要的是已經亂了大半輩子要以什麼做起點呢？

「那我先從抽於跟講髒話這兩樣開始改，怎麼樣？」

「最好加上喝酒，跟亂交女朋友。」

「爲什麼？」

「因爲這兩樣是導致你犯錯最大的原因。」

沒人相信這是一個國中二年級學生所講的話，但他就算是瞎矇的也是有道理，從他奶奶還在的時候就有一個阿姨住在他家裡，後來又有一段從相戀到分開的短暫婚姻，破產前一直跟另一個阿姨在一起，還要加上幾次短命的感情，這一切眞是一蹋糊塗。喝酒就更別提有多荒唐了，酒店酒家這種場所先排除，連一個私人工作室都搞得像酒廊一樣，隨時都有兩箱頂級威士忌在公司，喝酒唱歌連管區員警都接獲五次以上的報案，「妨礙鄰居安寧」，孩子講的是眞的，沒錯！這兩件事絕對必須要改。

「我知道了，老爸會改。」

麥可很想說，兒子啊！不是老爸找藉口喝酒，而是你們還小的時後我心中有太多的話無人可說，又不知該如何宣洩那股悶死人的壓力，沒想到整個人竟被酒給控制住了，無法自拔，每當壓力大情緒糟的時候就是喝酒，最後搞到有了酒癮，沒什麼該喝不該喝，反正就是天天喝就對了。女人，一樣的道理，是我的錯。

從他女兒開始收拾個人物品，準備搬去跟媽媽住的那天起，他就下定決心要痛改前非了。

「寶貝女兒，到媽媽家要聽話也要懂事，做的到的事要多幫忙，知道嗎？」

「爸爸你放心，我會聽話的。」

「妳知道這世上爸爸最愛誰嗎？」

「知道啊？我跟哥哥。」

「對！但愛妳多一點點。」

全世界有一個最醜陋的問題，常會問人掉下水會先救哪一個？如果是兒子跟女兒同時掉下水，那麥可會先救哪一個呢？

「爲什麼是我？」

「因爲如果妳跟哥哥同時掉到水裡，老爸會先救起妳，這就是我。」

「哦！」

「所以，老爸的心好痛，我跟妳道歉別怪老爸處罰妳，原諒我好嗎？」

「好。」

雖然不是看不到女兒了，可是這一走他心裡知道很多意料不到的事未來會一一出現，他心裡的擔憂沒有減少反而加重，當然他答應女兒要認眞悔改所有的缺點，未來也會一一兌現。

「哥哥，妹搬走了，那我們找一個便宜一點的地方住好不好？」

「搬家？好啊！」

「可能會離學校稍微遠一點哦！」

「沒關係？我可以騎腳踏車。」

這家裡總共有三台腳踏車，他們一家人每人一輛，大清早騎車去台大校園健身，都是爲了女兒說自己太胖要騎車減肥，這老爸就每天六點以前陪她騎去台大之後再帶她去吃早點，兒子說自己不胖所以很少參加，但現在如果是搬家，那腳踏車是可以派上用場，讓兒子騎去上學。

環境改變容易，心境要改變就困難的多，房子越換越小，不過還夠他跟兒子住，也給女兒留了一個小房間等她假日回來住，家具就可惜了，一件一件的送，或者沒人要就丟，剩下的就是一些簡單的鍋碗瓢盆。

「兒子啊！你從這騎車去學校要多久？」

「差不多二十幾分鐘，還好啦！」

「這不到一年就要考基測了，自己要花時間準備，沒問題吧！」

「放心，我會準備好的。」

租的房子在台北有名的舊貨街，環境實在不佳，可是便宜，是廈門街最裡頭的一間公寓，巷道很窄只有二米。門牌很妙，自由巷四號四樓，很久沒人租了，以他們一家人的處境能有地方住就不錯了，房東是一對老夫妻，就住一樓，靠收舊貨跟資源回收維生，可這舊公寓一整棟都是他們的，人有些尖酸刻薄愛貪小便宜，這樣的人，他們的好意千萬要小心別接受。

「兒子，下個月的房租老爸還差五千塊，可不可以跟房東講延幾天？」

「我去講？」

「是啊！你跟他們說，就十天。」

「哦！好吧！」

這孩子帶著一萬塊下樓繳房租去了。

「怎麼樣，他們有沒有爲難你啊？」

「沒有，只說沒錢租什麼房子，早知道就不租給我們了？」

「你沒跟他們說就十天一定給他們嗎？」

「就是說了他才講出剛才的話。」

「唉！人在屋簷下，算了。」

麥可把手上最後一只翡翠戒指給賤賣出去，只賣了當時買價的三分之一，第二天就把房租給補上了，以前他家常是高朋滿座，吃喝不斷，因爲他爲人好客，有吃有喝誰不愛來？搬到這個鬼地方，連坐公車都要走上十來分鐘，沒人來。唯一一次有人來看看他，快晚上十點。

「麥可，你搬家都沒來看過你，開車經過這順便上來坐坐。」

「別這麼說，你已經是唯一來這的客人，家裡只有白開水不好意思。」

「沒關係，我坐坐就走，咦！你這是條什麼線啊！」

去看麥可的，是他以前的設計師，個人工作室就是他的傑作，美工系轉室內設計，很有美學概念裝潢也是內行，對一條很粗的電源線產生質疑。

「我不知道，租房子哪管怎麼多。」

這專業的設計師帶著好奇心沿著電源線來到配電箱，仔細看了看又摸了摸。

「麥可，你們樓上還有住人嗎？」

「頂樓加蓋有住一對老外。」

「那難怪，不過不關你的事。」他順手把總開關中的拉閘給切掉了。

眞的沒影響，家裡該亮的還亮，不亮的本來也不會亮。

五分鐘後房東上來敲門，打破了午夜的寧靜，這陣急促的敲門聲樓下樓上的鄰居都探頭出來看。

「什麼事啊！房東太太，我房租都付清了還有什麼事。」

「你怎麼可以把人家的電給切掉。」

「妳怎麼可以偷接我的電，由我來繳電費啊，居然還惡人先告狀。」

「用一點又不會怎樣。」

「那我下個月不繳房租，應該也不會怎樣。」

房東太太遲疑了一下，由房東上場。

「好啦！明天我找水電來改，今天借用一下。」

這才結束了一場偷電的小風暴，眞要謝謝那位突然來訪的設計師，幫了麥可一個大忙，一個月省下幾百塊錢。這一切讓麥可了解到省錢的精隨，原來還可以省到別人家裡面去，並把這樣的舉動視爲理所當然。

學會過日子的最高指導原則已經出現，就是樓下那對老夫妻，所以麥可針對以前不會的現在要學的，加緊腳步學習，以鄰爲師，他山之石可以攻錯，買菜要來回走一個鐘頭去找最便宜的量販店，東西一定要比較再三才敢出手。過日子的方式也逐漸簡單，最重要的是幫子女把便當做到最好。

「哥哥，明天想吃點什麼？儘管點，別擔心我會做不出來。」

「哪還有你做不出來的東西？我同學都問我老爸是不是在飯店上班，每天吃的東西都可以變出花樣來。」

「那是你同學內行，看出你老爸的好手藝，不是我自誇，能像我這樣煎煮炒炸樣樣精通的家庭主婦都不多見！我是……」

「好了好了，拜託別說了，我還要看書快要考基測了。」

若是女兒就從來不會打斷老爸的表演欲，還會在旁邊猛稱讚說沒錯，這養兒子跟養女兒怎麼差這麼多？每逢星期五總是要多準備幾道菜，因爲女兒放學直接坐車回家，麥可每次都會提早二十分鐘，站在陽台上伸長脖子向外左右不停地觀望，老遠見到就興奮得大叫，有幾次遲了十分鐘他就自己跑去公車站等女兒，每次女兒要走的時侯都是送到公車站陪她等車。

「妹啊！最近的功課怎麼樣？有沒有哪裡不懂要哥哥教教妳。」

「不用，我不喜歡念書。」

「妹啊！書不是一定要念得多好，喜歡跟不喜歡都要學一些基本的知識嘛！」

「那個法官也說不一定要讀書才有出息啊！」

是的！在庭上的時候那個法官確實是這麼說過，當著父親跟兩孩子的面，以一種王者的姿態講過這句話，現在想起來眞想呼他一巴掌，法律賦予他們講這麼渾蛋的話嗎？他當法官是靠吃大便的嗎？不是靠念書難道是作弊來的，讓一個當時小六的孩子產生了錯覺，失去了判斷的價值。

「妹啊！想畫畫也要念美術，想唱歌也要念音樂，想當演員也要念藝術跟表演，我沒說一定要念國英數啊！」

「好啦！我知道，你不要一直唸我了。」

麥可苦惱，父女的感情到哪去了呢？從小聽話乖巧的心肝寶貝是怎麼了，每天揹在背上，抱在手上一直到抱不動爲止，只要下雨天他什麼事都可以放下，趕緊去接孩子，就算只有不到十分鐘的路程。

悔改
從答應女兒到現在整整退了五年
「不抽菸、不講髒話、不罵人、不起衝突、不浪費、沒交一個女朋友、喝一點點酒，他只是個普通人不是聖人。」現在幾乎沒有朋友，他挺得住。

15／原諒

一部被偷的腳踏車
兒子沒犯錯卻要我原諒他
有什麼值得原諒
應該疼惜
犯錯是人的權力
必須承擔
可以殺人
就算躲過法律
也避不開良心的制裁跟譴責

「兒子啊！你猜老爸多久沒去過便利商店。」
「有多久？」
「就是要你猜，你還問我。」要是女兒就不會囉嗦亂猜。
「半年。」
「無聊，你這個人怎麼這麼無趣，半年值得猜嗎？快兩年了。」
「很厲害，不錯。」
「我是從小忘了教你哈啦嗎？講話都不超過五個字，將來怎麼追女朋友。」
「我很會哈啦，只是快考基測了，我準備準備吧！」
「不用啦！你成績不是都不錯，就照進度走就好了。」
一家人慢慢習慣廈門街的生活步調，這也住了快半年了，但這幾年只要有空地建商就搶著買，只要買到地就搶著蓋，美國搞個量化寬鬆的政策，這錢全往亞洲跑，害得這些國家的房地產漲個沒完，苦了一般的小老百姓肥了那些有錢人，他們家雖是在二米巷內，偏偏正前方的公寓拆光了要蓋，這又吵灰沙又大從早敲到晚，孩子又要準備基測，避到哪不好偏偏躲到建商的屁股後頭，又響又髒又臭。
「老爸，對面要蓋大樓欸！」

「一看就是個失敗的作品，誰買誰倒楣。」

「你怎麼知道？說不定很賺錢。」

「建商會賺，買的會死，騙傻蛋上鉤的。」

噱頭這種東西一用過頭就是有問題，烏鴉的巢裡產不出鳳凰，蛋畫得再漂亮還是烏鴉蛋，麥可用左眼就知道他在玩什麼把戲，等預售熱銷期一過，嘿！答案就出來了。

「老爸，你都知道爲什麼不出去賺錢，我們家都快要餓死了。」

「孩子，你不是好好的嗎？哪有餓死啊。」

「可是很苦啊！我看見你很辛苦，居然還去申請低收入戶補助。」

「是去申請了，而且前後跑了五趟都還沒申請過，很多人說台北市福利不錯我想試試，這又不是欺騙我們有資格。」

所以說這是個會救人的社會打死他都不信，麥可想在家裡再靜一靜，不知道還要多久只能等上帝的回應，如果心中那份感動一直不出現的話，有可能等到死都會繼續等下去，第一次去大安區公所，他畏畏縮縮的站在櫃台，詢問如何申請低收入戶，其實去之前他早已上網查過申辦資格跟方式，櫃檯小姐大大聲的跟後面的承辦人員說：「你們里有人來申請低收入戶補助。」然後跟電影倩女幽魂一樣，全部人定格望著張國榮，這時麥可覺得自己是電影明星，成爲大家注目的焦點，承辦員開始叫他去準備完稅資料所得證明，本以爲事情進行順利卻不斷得要他補充說明，甚至要寫信到市長信箱訴說原委，然後再複印三家廠商叫他去跑面試，等對方不錄取證明寄來或蓋滿三家印章，那麼就進入下一階段，還沒完，他從來不知道社會底層是這樣掙扎著求生存，現在他也是其中的一分子。

「請問一下，我的低收入補助什麼時候下來，我已經來四趟了。」

「哦！李先生，你的資格有問題，我們推算你是有收入的。」

這眞是見鬼了，明明已經躲在家裡兩年了，收入從哪來的。

「不可能呀！我沒任何收入。」

「對，資料上你是沒收入這沒錯，不過我們有一套公式是推算的。」

「收入可以用推算的，誰發明的，我怎麼不知道，那你推一下郭台銘明年賺多少錢？」

「這我不能跟你講。」擺出一副眞的能推出來的感覺。

台北市政府乾脆請一批會算命的上班算了，這還不是他遇見最有趣的事，最後靠他自己一天寫三封信去市長信箱，在第五次才辦成，這如果眞的等錢買米下鍋煮飯，是不是早就該吃冥紙了。

「那你們不是有約聘的工作人員，我想應徵。」

「清潔隊有掃公園的，但不是約聘也不是雇用，是臨時工早上五點起來掃馬路，一小時五百一次兩小時，不是每天有要隨叫隨到，你有沒有問題？」

「我沒問題，那你什麼時候通知我。」

「我不是說了，不是每天有，隨叫隨到嗎？」

有趣，麥可他母親在他們幾個兄弟小的時侯，只要不聽話不學好的時候罵人，第一句就是再不學好將來掃馬路睡馬路，這下五個兄弟他快要達到標準去掃馬路了，可惜的是台北市政府還是說說就算了，等了幾個月也沒掃到馬路。

他又想起一件有趣的事，就是以前繳稅的時候一年幾十萬的稅都準時繳，申請個補助就讓人難堪跟這麼不便，落差這麼大北市府實在有很人的進步空間。

「哥哥，路上騎車小心，放學就回家別亂跑。」

「知道了，老爸再見。」

早上他幫兒子做完早餐，目送他上學兼打招呼，晚上一樣趴在陽台上等著兒子放學一起吃飯，平常六點二十分左右就會到家，可這一天已經快八點還沒回到家，這麥可急得像是熱鍋上的螞蟻上上下下一直不停的轉，突然電話響起。

「爸，我人在警察局看監視器。」

「兒子你瘋了嗎？在幹嘛？」

「腳踏車被偷了，警察叫我看附近調閱的監視器。」

「你給我聽清楚，現在立刻叫警察送你回家吃飯，其他的事都不用做，聽懂了嗎？」
「老爸，警察要跟你說話。」
「李先生，不好意思你兒子要在這裡看監視器，所以……」
「警察先生，我尊重你但請你聽清楚我的話，十分鐘之內我要我的孩子平安到家吃飯，其他的話我不想聽。」
「好，我們立刻送他回來。」
這警車開道確實是快，五六分鐘就到了，孩子平安的到家了，麥可正在廚房熱菜。
「爸，我回來了。」
「先去洗手，準備吃飯。」
「爸，對不起，我把腳踏車搞丟了。」
還記得注音符號的事嗎？
「爲什麼對不起？」
「因爲我不小心，才犯錯。」
「老爸上次賓士車，停在台北市政府的停車格裡，被小偷把裡面所有的設備挖空，花了快三十萬修理，我有什麼錯？」

「你沒有錯，是小偷的錯。」

「好了，吃飯，下次晚回家給老爸一通電話。」

「我以為你會生氣，嚇死我了，那腳踏車可是我們家現在最有價值的東西。」

「我沒那麼無聊，而且你搞錯了，你跟妹妹才是我們家最有價值的人，不是東西。」

「你罵人，不是東西。」

「我誇你，不是東西。」

三台腳踏車已經被偷了兩台了，他能預料到第三台的下場，妹妹的那輛。

「那從明天起，你就騎妹妹的那台車去上學。」

「她不會不高興嗎？」

「她很聰明，會明白。」

麥可這兒子的在校成績一直是名列前茅，從沒參加任何補習，連飯都快吃不飽了，哪有能力送兒子上補習班，不懂的問題就問問同學老師，再不然就靠不時上網查查資料，轉眼這就要考基測，多元入學的方案，總之學校原本推甄他去師大附中，他選擇放棄，可見孩子企圖心不一般。

這兩年也讓麥可學會了坐公車搭捷運，使用大眾運輸工具，方便又省錢。

但這卻是一次不愉快的經驗，他在公車上看見兩個建國中學的學生，聊天的聲音很大旁若無人，而且人手一包洋芋片吃得滿車子的味道，他雖然答應女兒不罵人，但用教育的眼光來看不算罵人，更何況這兩個學生極有可能是自己兒子的學長，兒子今年考完試，暑假完就升高中了。

「你們兩位學生是第一志願的學生嗎？看不懂車上的標示不可以吃東西嗎？聲音又大又吵，不覺得給學校丟臉啊！」

這話講完，兩個學生目瞪口呆的看著他，頓時氣氛凝結，臉色顯得沉重但又不敢爆發，直到他下車都沒敢出聲，這下他回家把這件事當成戲來唱。

「哥哥，今天我修理了你的學長。」

「老爸，我是畢業班哪來的學長，難道是以前學校的小流氓。」

「不是，是建國中學的學生在公車上吃東西被我講了幾句，這是你未來的學長你客氣什麼，咱們父子倆又不是外人。」

「還沒考試，別鬧我，是不是還不一定。」

「龍門國中的全校前十名學生，用左手考也可以上建中吧！我有說錯嗎？」

「反正我會努力。」

這孩子不是沒實力，是沒有太多的考試經驗，補習班之所以一直存在，應該是有一定的理由，這有點像演習是爲了作戰，每天都在戰場上那自然就不怯戰，正規的學校就三、四次模擬考，這點是比較缺乏經驗值的，不過實力最重要。這天終於來了，這一次重要的考試我並不打算參加，我想讓兒子輕鬆應戰。

「兒子，今天考得怎麼樣？」

「差不多都會寫。」

「那明天再加油一天就大功告成了。」

「放心，我知道。」

這兩天的考試下來，一切都已成定局就不必想太多了，不過麥可內心卻暗自得意居然能在這麼艱困的環境底下，把一雙兒女拉拔上高中了，十幾年是怎麼過來的真是別去想，向前看，明年就輪妹妹上場表演了。

「妹啊！明年就輪妳表演了。」

「表演什麼？」

「考高中啊！」

「你別指望我，我有自己的打算。」還是那麼冷清。

「有什麼打算也可以跟爸爸說啊！」

「現在不想說。」

麥可有時不能明白，連自己都覺得自己越變越好，但女兒對他的態度卻越來越差，像脫韁的野馬不受束縛，因爲有一道後門隨時讓她擺脫管教，有幾次他找女兒多談幾句話，第二個星期女兒就身體不舒服不回來了，完全讓這愛他的父親束手無策。

沉澱讓一灘混濁的水慢慢的變清澈
麥可自己知道環境越變越差但人的心態是越來越健康的
他正在一層層的撕碎之前的面具
還剩多少
他真不清楚
但
總有一天
會撕光
他也會痊癒

16／包容

沒見過不會犯錯的人
跟年齡無關
到今天
麥可還是不停犯錯
兒子啊！對老爸有什麼不滿說出來
一定改
謝謝你包容老爸做過的錯事
謝謝老爸包容我很多地方不懂事
這不是原諒是容人的度量
人無完人

「爸！爲什麼工作不到兩個月就不做了，你不是一直教我們要堅持，你自己怎麼堅持不下去。」

「你想知道？聽我說，還有比堅持更重要的事要做。」

現實不曾離開這家人，但麥可又不想回頭去碰之前的工作，經朋友介紹前往一家經營紙類商品的公司做管理部經理，實體產業不靠耍嘴皮子，只要把老闆交代的事做好就領薪水，剛夠一家人過日子的開銷，原本是美事一樁再好不過，每天上班時間超過十二小時還隔周休二日，這都不是問題，名義上他又是除了老闆以外的最高主管，其實就是空降幹部，他自己曾最不能接受外行領導內行，所以每天努力的學習，做筆記、跑工廠、下訂單、談合約、面試、接待廠商、點貨、盯出貨、管理倉庫安排司機，還包括自己下工廠摺紙袋，講都沒人信，總之無役不與，卻也樂在其中不覺得苦，不敢說有多棒，但幾乎都是最早到最晚走，但有一件事成了他非走不可的理由。

「劊子手」，麥可確實是有很多過人的地方，但老闆卻要他扮演一個令他最痛惡的角色，找出所有資深同仁的問題，然後利用職權刁難他們，迫使他們離職，剛開始他也以爲是這群人不努力工作被老闆嫌棄，所以也讓二位資深人員離開了，後來發現這是精算的結果，年終獎金、年休、特休、年資、勞保勞基法，這才是老闆撥的算盤，一一鏟除老員工，或許若干年後他也是這樣，這不是他擔心的事，因爲他的日子已經苦了一段不短的時間，老闆看準他的處境不可能離開，面談時麥可就掏心扒肺的說自己的現況，破釜沉舟的決心努力學習不敢怠慢，因爲孩子要吃飯，而老闆只聽見了，你為了孩子要吃飯應該什麼都敢做，什麼都願意做，那這步借刀殺人由你來扮演最適合，閃掉了所有雇主的責任而由你這個王八蛋來揹，最後再出來扮演好人擺平所有的事，如意之極。

當他察覺這件事的蹊蹺，並沒寫辭呈僅以一封簡訊就離職不幹了，薪水按基本天數來算，扣了所有可以扣的錢，沒得到任何人的諒解，除了他的兒子。

「那是什麼？」

「在對的事情上堅持以外，還必須學會包容，老爸的能幹，差點害了幾個家庭。」這無預警的離職，迫使老闆再回頭請回當初要離職的員工。

「那我們家呢？這樣做值得嗎？」

「我又不是要做給誰看的有什麼值不值得，我做是要對得起自己良心的，你怕吃苦嗎？」

「老爸不怕，我也不怕。」

「好孩子。」

基測的結果終於出來了，這跟麥可讀書的年代的遊戲規則不同，他完全搞不懂什麼意思，以前分數落在哪就是哪個學校，現在要報完名等分發之後才有答案，他是糊里糊塗，但孩子卻是心知肚明。

「怎麼樣？是不是建中！」

「對呀！哥哥！是不是建中！」

父女倆完全沒機會念建中的人緊張兮兮的想知道答案。

「老爸，對不起，我沒考好。」

「什麼意思？沒上建中。」

「照這個成績來看我得準備考七月份的第二次考試，我一定能考上建中。」

「那這一次的成績呢？」

「只能上成功。」

「你爲什麼覺得自己錯了，是考前上網電動打不停太有把握了對嗎？」

「對！不該每天上網打電動。」

「那你接下來準備怎麼努力？」

「每天看書八小時，拼七月的考試。」

「記住你講過的話，記住你的粗心，記住你的驕傲，警惕自己別再犯同樣的錯了，從進成功高中開始。」

「老爸你說什麼？是叫哥哥念成功，完了完了我跟同學打賭我哥念建中，這下輸死了。」女兒大叫。

「老爸你的意思是我不用準備考試，可以天天上網打電動直到開學？」

「沒錯，法官說過不一定非要念書，我也覺得不一定非要念書，如果有比他更值得追求的東西。」

「不，老爸，我會記得剛才講過的話，我喜歡念書求知識，可是現在不陪你聊了，網路上還有隊友在等我，我先去開戰了。」

「爸！你爲什麼不叫哥哥拼七月的考試啦！我輸很慘欸！」

「每個人要的東西是靠自己本事拼來的，妳想贏，明年自己拼。」

「你很討厭！一點也不像我。」

「妹！老爸是不是從小把妳慣壞了，我很擔心妳。」

「哪有，你比較愛哥哥。」

「鬼扯。」

沒想到兒子的表現並不如麥可當初所想，其實也跌破很多在校老師的眼鏡，紛紛表達關切希望兒子再考一次，爲校爭光，而他自己原以爲可以在極有限的親友前，把頭抬高一點，可萬萬沒想到不如預期，卻也相當堅持自己的決定不要再讓孩子考第二次，因爲那會不快樂。

一切都在麥可的意料之中，兒子果然連第三台腳踏車騎出去又被偷了，有點從賭檔裡輸光了錢光著屁股的感覺，沒什麼可再輸也沒什麼能輸。樓下的房東自從上次偷電事件以後，倒也相安無事互不侵犯，平常房東先生除做資源回收以外，就蹲在一樓，把從外面撿來的腳踏車刷刷油漆，換換螺絲，再一台幾百塊賣出去，這小生意都能一個月多一兩千的收入，麥可看在眼裡眞是自嘆不如，他是一台一台的被偷，房東是一台一台的撿回來賣錢，這難怪人家是房東他是房客，也不奇怪他繳電費對方吹冷氣了，但奇蹟發生了。

「老爸，我剛放學走路回來時，在樓下遇見房東先生，他說要送我一輛腳踏車給我騎到成功上課，這樣每天能省兩趟公車得錢。」

「那眞是太好了，是什麼樣子的。」

「他說明天早上我上學的時候會給我。」

這兩位七十出頭的長者是每天都早睡早起，古人云，早起的鳥兒有蟲吃，該是這個道理，一早就出動四處張羅，巷道中到處搜索，撿一些稀奇古怪的東西回來搞研發，創造經濟價值，他可以把桌子變椅子再加上輪子改裝，放在樓下貼上舶來品三個字開價一千二百元，這致富首要一個字「勤」，但在他們兩老身上麥可還看見一個「敢」字。

「記住，我們不隨便收人家東西，但腳踏車代步省點錢倒不是壞事，你問問看他想賣多少錢?」

「我知道。」

這大清早麥可趴在陽台往下看房東跟兒子的對話，別懷疑，一清二楚，房東堅持不收錢，看著兒子騎著不太穩的車子離開，他想該是一段時間沒騎的關係，一會就習慣了，到了晚上，老樣子趴在陽台上等兒子放學，看著他用走的走進巷子，心裡不免產生好奇。

「哥哥，怎麼沒騎車回來，不是比較省嗎？」

「車壞了，還差點出事。」

「出什麼事？」

「在人行道上撞到人了，我摔了一跤，還好沒事，對方沒計較。」

「眞不小心，騎在人行道就是要注意行人嘛！自己有沒有受傷？」

「還好，擦破皮而已。」

「技術退步了，連車都騎不好，要加油。」

「老爸，我跟你講你不可以生氣，他給我的那部車騎到一半輪子飛出去了，輪子的軸心他用竹筷子插在中間，還好是在人行道上，否則就危險了。」

這是麥可聽過最荒謬跟荒唐的事，沒去吵架，因爲對方已經七十歲了，但這種可能會害死人的事，可不是開玩笑的，青春期哪個孩子不摔跤，可這一跤隱藏著多大的殺機，沒別的選擇，就是搬家。

「房東先生，一年的租約到期了，我們這個月底前會找房子搬家。」

「住得好好的幹嘛要搬家，不是得多花搬家費。」

「想搬到離孩子上學近一點的地方。」

「我們這麼好的房東你找不到啦！房租又便宜，再考慮看看。」

這其中講對了一點就是，生活眞得很緊，又要搬家費這可怎麼辦，但對面正在蓋房子又吵，房東一家人又只顧自己不顧別人安危，咬著牙也要搬走，這台北市找符合預算的房子沒那麼容易，租房子麥可又是外行，眞的沒這麼容易找，最後找到一間比較大一點的套房，平常兒子睡床麥可睡地上，假日女兒回來，女兒睡床兒子睡地上麥可睡衣櫃裡，還有一隻狗叫做「黑寶」跟麥可睡一起，這樣過了一整年。

「房東先生，我東西都搬走了，沙發還有其他的東西你要不要？」

「我都要，你不想搬的全留下來，放著不要動，電冰箱跟電視你也可以留下。」

這是眞的，套房那裡擺不了這些東西，但是麥可把這些東西全送給搬家公司的搬運人員，只能怪自己沒能力留下來，住的地方眞的太小，但他也留了不錯的床組沙發跟書桌給房東，這些東西害不了人。

「房東先生全照你的意思弄乾淨了，現在可以退我押金了吧！」

「好啦！給你，我只扣你五千塊，意思一下而已。」

「扣我五千塊，爲什麼？」

「沒有啦！意思一下而已。」

「什麼叫意思一下而已？」

「就是萬一你有欠錢，有人來要債，我可以用這個錢來付啊！」

「房東先生我只給你一次機會，你聽清楚，第一我住在這你沒報租賃所得稅我去檢舉你，你從漏報起算追查五年前後加倍，我幫你算了一下要十幾萬，我個人檢舉獎金百分之二十約爲三萬元，證據就是你跟我訂的房租契約書，在我手上，我講完這話之後先去里長那請他當證人，確定我住在這，我只給你三分鐘把錢拿出來。」

「李先生，你是做什麼的啊？我年紀大了，五分鐘行不行？」

「行，我是帶孩子的，你不知道嗎？」

這才結束一場鬧劇，離開了廈門街，搬去了杭州南路上的套房，兒子可以用走的去上課，女兒回家也不用再走那麼遠的路，只是很小。

真的很小
為了完成夢想
他
食不求美味
衣不求流行
住不求舒適
行不求便捷
有就好
再困難也要堅持圓夢
深信自己犯錯的經驗是可以幫助人
不要別人跟他一樣
付出的代價真的太大了

17／考驗

一種測試
會不會變節的結果
那只是一個他與環保袋之間的承諾
絕不放手
就算他沒有生命
他尊重它為他所做過的一切
就算你
是
環保袋

「兒子，想吃什麼菜？我要去全聯。」

「老爸，現在你還能做菜？」

「別擔心，老爸小時後是童子軍，用柴火都能做飯，沒瓦斯爐算什麼？不是還有電磁爐嗎！」

「我不信！」

「你等著瞧！」

住廈門街的時侯，買菜來回要走一小時，從廈門街靠近中正橋底下，走到古亭市場對面的量販店，買完菜再拎著走回來。麥可有兩種選擇，一是每星期多跑一趟，另一個就是一次多買一點，提著十幾公斤的各式食品用品，米、蔬果、狗飼料、牛奶、清潔用品等在手上，心裡就只有一個念頭，這麼遠的路只能兩手互換，左手換右手，東西絕不能落地，再重都一樣。每次回到家還要爬四樓，兩手都是極度酸痛，跟打過仗一樣精疲力竭。有一次回程東西太重，走在同安街上，帶子突然斷了一邊，他死命抓牢另一頭，東西沒倒，但兩手各拉一邊沒法換手，像一隻大青蛙走在路上，沿途兩隻手抖得連路人都覺得好笑，但他還是沒讓東西掉到地上，平安到家。這次他除了幫孩子補衣服、褲子以外，還把環保袋給牢牢的縫緊，這袋子是美好的回憶。現在走到興隆社區的量販店來回只要四十五分鐘輕鬆多了。

廈門街的老房東答應在廚房裝抽油煙機，結果一年過去都沒來裝，這套房裡更是什麼都沒，連瓦斯都沒，一做飯菜滿屋子的香氣四溢，租房子的時候，房東也說有本事就做飯菜，他不反對，那麥可只好盡力而爲了。

「老爸，你爲什麼明知到困難還要做？而且盡挑難的做，不累嗎？」

「累，但不怕，想簡單就每天吃豆腐就好了，你要不要？如果不要就別怕難。」

「爸，你是不是快沒錢了？」

「這幾年一直都沒有過錢。」

「你眞的不想去賺錢嗎？」

「孩子我不是不想，是不能，我還沒把握有錢之後會不會跟以前一樣。」

「那你去試試看啊！」

兒子這句話讓麥可心裡產生了一些想法，他每次去買菜經過中正國中前，有一家房屋仲介公司，台中來的品牌一看就知道混得不太好，這個品牌裡沒人會認識他，去試試也好，反正很多年沒做了，自己的態度可能變了，但混口飯吃應該不難。

「好，買菜也要經過，就照你講得去試試，反正快沒錢買菜了。」

「你說試什麼？」

「上班，房屋公司。」

「他們一定會用你嗎?」

「會。」

他第二天就去應徵,第三天就去上班了,可是連代步的工具都沒有怎麼辦?跑遍台北市,才在重慶北路靠近哈密街的一家機車店,看中一台六年的五十西西,還要一萬五千塊,用分期付款的方式買下它,當天就可以騎回家,一路上他比開賓士車的時候還高興,當年他二十九歲,這時他已經四十六歲了。

「兒子,要不要下樓看一下我的新車?」

「哇!你買車了啊!走下去看一下。」

「兒子,我跟你說,這台車你別嫌他舊,才跑一萬多公里,之前是個女生的代步工具,很少騎。」

「你怎麼知道?」

「老闆說的。」

「他的話能信嗎?搞業務的,你不是說講的話都不能信!要三思。」

「也有例外嘛!」

沒有例外,這車只騎了三天就出毛病了,電動啟動就壞了開始修理,當然後續麻煩不少,這不算慘。麥可上班的公司一個月後就收店了,台中的老闆覺得北部他不會做決定收了,麥可看著牆上掛著馬英九總統跟他的合照，還附上剪報的放大海報。「台中知名績優建商揮軍北上，砸二億增加三百個就業機會，獲總統頒獎。」他站在海報前凝視許久，十二年沒走進房屋公司上班，沒想到進來第一個月就打算收掉了，他沒打算放棄，只覺得可笑，聽過自己演講經營不動產的人超過千人，自己卻在一家公司待不滿二個月就要收了，所以他做了一個大膽的假設，要是同樣這個點這個店，該怎麼經營會成功，細節很多，但得到的結論是，錢只要再花五十萬，半年內就會回本開始賺錢，可是現在這家公司會願意頂讓嗎？而且品牌呢？最重要的是錢從哪來呢？

難！眞難！才來一個月誰也不認識，難！眞難！這麼多年沒做事找誰會出這個錢呢？管他的做與不做下場一樣，麥可想到這，就跑去找一個多年前曾幫他做過裝潢的設計師，現在自己執業賺不少錢還有點連絡，是個想盡辦法賺錢的人，以前叫小賴現在叫賴總。

「賴總，有個不錯的機會想不想聽一下？」

「說來聽聽。」

「想不想投資房屋公司？不用太多本錢就可以做。」

「怎麼可能，沒這麼好的事。」

麥可就把計畫講給他聽，而且告訴他再找一個朋友一起加入三個人合作，兩個人出一點錢他出一點力負責把事談成，如果是在麥可設定的頂讓價格內，可是資金還沒搞定他也還沒去跟總公司談，每人三分之一的股份合情合理，因爲原來房屋公司的設備跟裝潢，就遠遠超過三分之一股份的價值。

「賴總，你覺得我說的這計畫是不是很棒。」

「那照你說的去談，不用找別人我出錢占七成，你出力占三成。」

「好，你可要說話算話，那我去談。」

「沒問題，你去。」

到了總公司，見了總經理說明了來意，把他嚇了一大跳，一個經營兩年多做不起來要收的店，居然一個新進員工說要頂店讓他覺得有點莫名其妙，苦口婆心勸說麥可別做傻事好好上班，等總公司發落，但又不忍讓麥可太難堪，婉轉叫他自己連絡台中總部，這事不歸他管。

這總公司知道這事以後衡量利弊得失，派了專員出面了解狀況，店內其他員工早已開始打包行囊，都弄不清這新人麥可在幹嘛！等他們全部弄清楚之後，發現一個價值二百萬裝潢的房屋公司，已經用十萬塊頂給麥可而且簽完約了，每個人都說自己也付得起十萬，爲什麼便宜一個新人？當然他不是新人，這個遊戲雖然不是他發明的，但他也算是長老了。

這下成了一個小股東，搖身一變也成了店長，但沒那麼簡單，還得面臨品牌的談判跟房東的續約，再加上更換品牌之後的店內的擺設與裝潢全部要重新標準化，原來的員工全部離開後，只有麥可一人加上助理，需要裝潢跟應聘新人，各式表格的處理跟應用各品牌不同，千頭萬緒需要時間……

不，誤會了，他一個人全部做完所有的事，只用了不到一個月的時間，因爲他要等錢買米煮飯給孩子吃，幹這麼多的事還有頂著店長的頭銜是沒一毛薪水的，只有做業績和領分紅才有錢，這前提是要立刻做出業績，一人公司應聘新人，四個月，就四個月，人就眼紅奈不住性子了，麥可佔的三成股份叫做乾股，意思是隨時可以不需要他的同意把店頂讓出去，也不用分錢給乾股，因爲一開始他就沒出錢只出力，人的心思一旦用在對內的時候那就是瓦解的開始。

「老爸，你不是做店長好好的怎麼又不幹了？」

「你本來不就只是叫老爸試試，給你看看而已嗎？現在試完了。」

「我暑假都在你公司度過的，每天裝大人陪你上班，你這就試完了。」

「時間到了，就是該離開的時候了。」

「那你的三成股份呢？」

「送給他們。」

「你當初花那麼多心血談下來，現在不要？」

「有些東西很吸引人但沒有價值，有些看似無關痛癢的人，卻有你意想不到的價值在其中。」

「什麼意思？」

「我雖然損失了三成股份，但這四個月賺的錢夠我們家花用兩年了，而他爲了貪這三成股份將來連原來的七成都會保不住，其他的事小孩子別管了，先去安排你跟妹妹出國旅遊的事，想上哪去玩？」

「日本或韓國！」

「好就韓國，我也喜歡韓國，不過是你帶妹妹去，老爸不去了，我要找房子準備搬家，一年又快到了。」

「老爸，他爲什麼會保不住原來的七成。」

「你這孩子，爲什麼好奇心這麼重，告訴你吧！他們做事都是用眼不用心，看見老爸賺錢，覺得很輕鬆，每月都會成交，又怕我賺錢又怕我分紅，所以想盡辦法要動我那三成股份的腦筋，這就是他最大的敗筆，我不在了，還是最多半年這店就結束了。」

「找不到比你好的嗎？」

「找不到，就算有也不會來這個店。」

「爲什麼？」

「因爲這本來就不是容易經營的點，遇見困難就退縮，遇見好處就想沾的經營者在這必敗。」

「你說多久會倒。」

「六個月以內，不過不關我們的事，我們要搬到有床可以睡的地方了。」

「喔！要睡床嘍！」

原來四個月的經營期裡麥可每月都有成交案件，這業務獎金就占掉一大半，再來打上公司管銷，這出錢的老闆沒什麼好處，開始會是這樣沒錯，但這是必經的過程，如果連一個不領薪水的店長都餓死了，那這店連經營的機會都沒有，所以經營之初麥可決定自己要拼業績別餓死，用一己之力打平店內所有開銷再圖發展，否則出資者會不斷的掏錢做廣告形成壓力，最後場面更糟，沒想到經營者居然找個人頭，藉故說把店的股份頂出去，架空麥可的股份，怕他將來再來分紅，實在沒必要。

「老爸，那你還會做這個工作嗎？」

「不會，我恨這個行業，先休息兩年再說，看上帝怎麼安排，要我餓死我也接受。」

「老爸，你不會餓死的，我打電話跟妹妹說出國跟搬家的事。」

「什麼！我們又要搬家，哥哥，你沒騙我吧？」

「沒有，老爸叫妳去照像，護照過期了要重新辦，老爸要我帶妳去韓國玩。」

「耶！我喜歡韓國，應該我帶你去吧！我會講韓文你又不會。」

麥可跟兒子都知道女兒喜歡去韓國才這樣安排的，否則兒子想去日本也是不錯。

而他本來可以成爲富翁但選擇了做乞丐，很多人會不以爲然；他知道這點，因爲他的個性若先成爲富翁晚年必然成爲乞丐，先成爲乞丐，他的將來就算不是富翁也不會做永遠的乞丐。

幾個月的工作
賺了一點時間
因為他不認為那是他想做的事情
讓他再多一點自我沉澱
青春有限
所以別問
別認為他在浪費時間
他不笨
否則
任何人
也見不到這本書
包括他自己

18／認錯

開車在路上最容易忽略指標而違規
沒關係
只是罰錢而已
人都會犯錯
沒關係
認錯而已
不是鼓勵傷天害理的錯
如果你早學會認錯
又怎麼會
傷天
害理

「老爸，你眞的在家陪我們念了快兩年的書，沒去做事，我跟同學講都沒人信。」

「你不要覺得奇怪，我不是偷懶，這是老爸心裡的想法，我實在不想勉強自己做不喜歡的事，而且覺得你們需要有人陪伴。」

「老爸，這幾年你眞的變了好多。」

「但是在很多人眼裡我還沒變。」

「那你要變成怎樣的人？」

「一個眞正做到認錯悔改的人，而不是嘴巴上改，人卻一直沒變。」

「你不是已經悔改了？」

「是的！可是我還要繼續的認錯才行。」

「這又是什麼意思？都悔改了還要繼續認錯，次序上沒顚倒嗎？」

「這是分不開的，如果分開了就會走回頭路，像開一部車本來走錯路，急忙回頭找正確的道路，等眞的找到正確的路後又會加速而迷思在下一個路口，認錯就像是路上的指標，預防你再度犯同樣的錯能夠平安到達終點，所以不要怕人家提你過去的錯誤，這是在幫助你牢記自己犯下的錯，只有好處沒有壞處。」

「可是你只要提我以前的錯誤，我心裡就很難過，爲什麼？」

「那就是還沒眞正的認錯，如果人能坦然面對自己犯過的錯，那才表示眞的接近悔改了，因爲那個討厭的自己已經與他無關了，他是一個全新的開始，不受糾纏了，這樣的悔改才有效，否則就不會有江山易改本性難移這句話了。」

「老爸你做得到嗎？」

「老爸我發現很難？」

「很接近了，所以需要這兩年的時間來沉澱自己，等你考完大學應該就差不多了。」

「當然，人是最自私的動物，嚴厲的責怪別人對自己卻輕輕放下，所以不容易認錯悔改，每天社會上報導的劈腿偷情，我認識的人幾乎人人都有，但罵人的時候像是標榜自己，是唯一出汙泥而不染的聖人，覺得可笑嗎？」

「那你自己有過嗎？」

「當然，還很多次呢！」

「你爲什麼這樣做？」

「迷思、不懂得珍惜、炫耀、只要我喜歡沒什麼不可以、驕傲、耍帥，太多的問題都需要認錯，經不起誘惑、衝動，可能這些都是吧！」

「我好像有點明白你爲什麼要待在家那麼多年了，過這麼多年苦日子的目的，就是要擺脫你剛才講的那些引誘，牢牢記住這幾年所發生的一切，成爲你重新出發的時候，路上的指標。」

「兒子，你眞聰明，這些話講給別人聽，只會得到『別想太多，要及時行樂享受人生，人生苦短』這類的話，你有智慧會成大器。」

「老爸，享受有錯嗎？」

「一點都沒錯，只有先後，看到你們長大，看到你們出國，對我而言就是最大的享受，接下來我也可以做我喜歡的事，寫作、釣魚、交交朋友。」

「老爸，可是我這次學測又沒考好，怎麼辦？」

「那就看你要不要認錯悔改，相信老爸了。」

麥可他兒子進成功高中第一次測試是全校第五名，這樣全班前二名的成績一直保持到高二，所以他也不會特別關心兒子的課業的進度，這方面兒子也很少再跟他互動，因爲超過他的知識範圍，他無能爲力，只是照顧好他們關心孩子的身體跟飲食，兩件事讓他覺得孩子變了，一是高三不再拿獎學金了也沒見過成績單；一是開始學會輕描淡寫的敘述事情，講一些不痛不癢的話。這時兒子也已經長的比父親高了，爲了選擇相信孩子，已成長到可以自我管理的階段，所以並沒多加干涉，可是學測成績下來只拿到六十九級分，又一次跌破所有人眼鏡，或許學校同學老師並不意外，因爲改變不會是一天的，只是你身爲學校的老師，有一個優秀的學生在你手上變壞，難道不需要連絡家長嗎?是的，他不但沒連絡家長，連這個叫麥可的家長主動打兩次電話給他都不接也不回，他不是想找這個在畢業典禮上，唯一高歌兩曲的歌神麻煩，只想問問他孩子現在的狀況，這位備受學生推崇的好老師始終沒回電話，他是個實事求是的人，不必求人，自己的孩子自己救，他再次詢問孩子的意願是不是要參加指定考試。

「我願意相信爸爸。」

「好，那就照我說的做，別問太多爲什麼?只會浪費我們之間的信任，好嗎?剩下不到一百天了。」

「好。」

如果沒有從小的陪伴，沒有從小的照顧，沒有從小幫他們打蚊子半夜起來泡牛奶，參加所有學校的會議課外活動，做便當，接送，洗衣燒飯縫衣補褲，這個「好」有這麼容易說出口嗎?

這一百天他們都很努力的認錯悔改，對麥可而言才一百天，十五年都超過了，五千四百七十五天，他從來沒改變過一個做父親應盡的責任，這點時間算什麼!每天一定比孩子早起一定比孩子晚睡，雖然他不懂但也陪著找資料，盡全力照顧好他，這次他不想放任孩子隨性摸索而是努力求勝。

「爸，我這星期不回來了，哥哥要準備考試，我也要去燒烤店打工，下班都比較晚，過一段時間有放假我再回家。」

「寶貝女兒，妳隨時可以回來，任何時間對老爸來說都不晚，我雖然沒有車但爸爸可以騎車去接妳啊！哥哥準備考是不會受到你的影響，別擔心！」

「好啦！我知道了，反正有時間就會回家，別催我，我要去工作了。」

「女兒，爸爸最愛誰？」

「不說了，都一樣，好啦！好啦！我可以了吧！」

已經過去五年了，難道還沒原諒父親嗎？麥可一定是還有很多不能讓女兒釋懷的地方，還得再加把勁才行，這十五年裡他不知道夢過兩個孩子多少次，但說也奇怪都是兒女很小的時候，全部都是在他們剛失去母親的階段，接著就驚醒了，前兩天又夢到了，可是自己坐在床頭想想都覺得好笑，女兒已經快滿十八歲了，夢裡卻只有兩、三歲，居然會不知不覺的流淚，這是什麼含意的眼淚？怕失去女兒的眼淚？為女兒長大而高興的眼淚？總之內心的感觸無法三言兩語表達完全，但女兒一直是他心中最深愛的孩子是不會改變的，女兒應該會了解老爸的個性是永遠不會放棄的，就算兩隻手臂都斷了，他也不會放下手中的寶貝，時間可以證明一切。

「兒子，明天要考試了早點休息，老爸會陪你去考試。」

「好啊！那我先睡了。」

這考試場所是成功高中，主場優勢，所有的環境都十分熟悉，麥可察覺出兒子過去在考場的一些問題，就是表現太嗨了，容易自得意滿，但這次不同，有他陪伴不受任何干擾，連招呼都不用打，他終於見到了不接他電話的歌神，也來考場一一跟粉絲問好，但麥可用一種請歌神離開的眼神看著他。果然他看懂了，放過這種虛僞做秀式的問安，這是回敬他對學生家長的不尊重，當家長需要你的時候躲著不見，鎂光燈前搶著曝光，難道我也是高中生可以被耍著玩嗎？僅憑三言二語一首歌就把你當偶像，在兒女面前我可以低頭，但在糟蹋我兒女的任何人面前我都會還以顏色。

「兒子，你爲什麼覺得你的老師是好老師，老爸沒有惡意也沒有偏見，只是想聽聽看你的判斷來原是什麼？」

「他是一個孝子，要照顧年邁生病的父親，送女兒去哈佛念書，眞的很辛苦還要到外面兼課賺錢，自己身體又不好，這樣還不夠好嗎？」

「他是不是常請假，爲了照顧生病的父親，又常晚到會亂發脾氣，因爲身體不好負擔太重，只要人不在就是在醫院。」

「老爸，是老師跟你講的啊！要不然你怎麼都知道！」

「用屁股想也知道，一個老師想盡辦法又要領錢又不想好好上課會出什麼怪招，讓同學同情他的處境就是最好的理由，否則全講一些家務事給學生聽幹嘛！認眞教學就好了，誰家沒長輩住院，沒兒女念書，過了五十以上誰身體沒一點毛病，不行就請代課老師嘛！這種只要是人多就拿著麥克風不放的人就是裝模作樣的人，記住。」

「老爸，哥哥是不是考完試，那我要回家了。」

「老爸說過妳愛什麼時候回來都行，不用管他有沒有考試。」

「那我帶饅頭給你吃哦！很香很好吃哦！」

「快點，我最愛吃饅頭，隨便哪一種我都喜歡。」

「那我一會兒就回來了。」

只要女兒回家就是按門鈴，而且是按著不放的那種，給了鑰匙她就是不用，樓下有管理員她也照按，麥可眞是不能理解，每次電鈴一響他就站在門口迎接女兒，全家大小跟「黑寶」像是列隊歡迎一樣的接待她，她才悠然的走進家門。

「老爸，我想回學校念書了。」

「太好了，回學校才是對的辦什麼休學。」

「可是學校說我成績太差不讓我繼續念，一直刁難我，我想請你陪我去談。」

「女兒，這妳就不用擔心了，有老爸在沒有一個學校攔得住我，妳只要下定決心別開玩笑就好，年輕絕對會犯錯，老爸也一樣會犯錯，可是最重要的是我們要認錯悔改，好嗎？」

「那你什麼時候陪我去？」

「立刻就去。」

真的沒人可以攔住麥可這個爸爸，學校裡的每一個主管這件事的人都被他說服了，因為看見一個絕不妥協的爸爸不知如何是好，只有　種選項，就是答應，否則他還是會再來，而且是讓各界知道學校阻擋孩子學習，將有上進心的孩子拒於門外，肯定對校風有影響，去之前他就知道答案了，這群書生鬥不過他的。

「哥哥，到了台大也要好好的朝自己的目標前進，老爸不知道還能陪你跟妹妹走多遠，很多時候要靠自己了，知道嗎？還有不管將來你有多困難，要記住永遠要愛這個妹妹跟幫助她，知道嗎？」

「老爸我會記住的。」

「那就好。」

他感覺視野越來越清晰
看人的方式
轉變了
價值觀
轉變了
聽見的聲音
轉變了
習慣也轉變了
不是有人說江山易改本性難移嗎？
那是錯的
可以移

19／誠實

就是真
複雜的世界令人眼花撩亂
人的思維隨著世界快速的轉變而變得更讓人摸不著頭緒
有一群靠著攪亂人頭腦而從中獲利的人更是沾沾自喜以勝利者自居
那是因為他不清楚詭詐所伴隨而來的危機
已悄悄
來到他最親近的人身邊
索取代價
這將
永無止盡

兒子上了台大活動變多了，人也開始忙碌起來，以前他們父子每天在一起吃飯，現在一星期會在一起吃一兩次，就已經很不錯了，這兒子眞的是長大了。

「老爸，我回來了。」兒子一進門就叫著老爸。

「怎麼樣，今年在學校好嗎？」麥可反問他，這也是固定的回覆方式。

不同的是，他能從一兩個字就聽出兒子今天在學校過得好不好，有趣的是就算他知道孩子的心情不好，也不會對著兒子說而是對著狗說：「黑寶，哥哥今天在學校不開心喔！是不是早上出門前你惹他生氣啦！」他知道這麼說對狗不公平，但這世上哪有公平這兩個字，是看主事者想對誰公平或是想體貼誰，由受益者的角度看那肯定是公平的。

「不錯啊！沒什麼不好的。」

「那今天教課的情況好嗎？」

「也挺好的！」

是一個富貴人家的孩子想找家教，歷經幾次的家教都不滿意，也不能將孩子的成績提升上來，有次偶然的機會在聚會時遇見，知道麥可的兒子今年考上台大後，提出請他兒子去幫小孩補習的想法，一個國中二年級的兒子，麥可相當有把握這件事他兒子可以勝任，別的不說，在國中時期他兒子的在校成績就是全校前幾名，所以教國中生他想那是輕而易舉的一件差事。

「麥可，你兒子可不可以來當我孩子得家教？再多錢我都付得起。」

這是一個老朋友的生日聚會，在場有一、二十個來賓，其實麥可已經多年不參加這樣的活動了，這話講得讓在場每個人都覺得他為人豪爽。

「這當然好啊！等我回去問過孩子就給你回話，你也知道我們的家境不太好，只要你別拖補習費就好。」麥可半開玩笑的對著他說，其實這是眞話，他們的日子眞是越來越苦了，最近又在煩惱搬家的事，看樣子眼前這裡的房租是負擔不起了，這前面六年已經搬家五次了，他這把骨頭眞不知道還經得起幾次這樣子的折騰。

「你開什麼玩笑？我一次付你半年都沒問題，怎麼可能讓你吃虧。」這倒是眞的，他如果願意就算一次付幾年的補習費，對他來講也是小錢。

「那我先謝謝了。」或許是過去這五年讓他變天眞了，人也變得簡單了許多，把每件事都當成是黑與白的選擇，要就做不要就拉倒不是很簡單嗎？拐彎抹角的結果除了繞來繞去，最後還不是要攤牌，這事回家跟他兒子商量之後有了答案。

「兒子啊！老爸今天幫你找到一個家教的事，你願不願意做？」其實如果不做可能連吃飯都成問題了，他很心疼，但又覺得是個可以學以致用的機會，並且能減輕身上的負擔。

「好啊！這樣也不用一直伸手跟老爸要錢。」這孩子每天在學校要吃三餐就花一百五十塊，眞的很省。

「那我就給叔叔打電話說你同意了。」

「沒問題。」

本想等老闆主動打電話來給他，可是一直沒有下文，又過了幾天，他開始興沖沖的翻起連絡電話，因為也不常連絡所以顯得比較生疏，又有種主動送上門的難為情。

「是我麥可。」

「什麼事啊？」

「上回我們見面的時候，你有提起孩子補習的事，請問你還想要請我兒子當家教嗎？」

「有有有，我回去看一下我兒子的時間再跟你確定。」

「好，謝謝你。」

他開心的掛上電話，心想總算是談成一件對他們家現在的處境有幫助的事，可是這一等又過了快一星期，不就是問孩子時間嗎？一個國中二年級的學生又不是行政院院長會很忙嗎？為什麼連子女的課業都只是嘴上說說要付諸行動卻是如此困難，他只好再次拿起電話撥給大老闆。

「是我麥可。」

「什麼事啊！」

這是眞不知道什麼事，還是嫌他煩，直接一點不就好了，彼此從來也不連絡的，要不是上次老闆主動說要替還子找家教，他們毫無關係，爲什麼要問麥可什麼事，應該是問自己爲什麼到現在還沒給他電話才對吧。

「上回你說要替孩子安排家教的時間，不知道定好了沒有？如果定好了我們要趕緊準備。」

「喔！這件事啊！你等一等我現在問一下。」大約停留了十秒鐘。

「就每個星期一跟四的晚上，七點半到九點半來，二個小時。」

「是下星期一開始嗎？」他打電話的是星期天。

「下星期四開始。」

他電話掛斷之後跟兒子兩個人很高興得又蹦又跳，兒子要賺錢了，他們要開始過好日子了，高興的唱起歌來。

「老爸，你有跟他說一小時多少補習費嗎？」

「啊！我剛才忘了提，而且我也沒有概念是多少錢。」

這下父子兩人趕緊把電腦打開來查家教網，上面通常會有一些收費標準，台大醫學院的學生平均收費八百元一小時，什麼樣的程度收什麼樣的價錢，而且兒子是各科都很優秀應該值這價碼。

「發財嘍！」兒子也開心的說著。

「下星期四的時候，我騎摩托車先載你去一次以後你就自己去，我順便跟他談補習費。」

其實別說國中生，念高中時也有很多同班的同學被他兒子教的，很多學生在下課或放學的時候都會請他兒子教他們念書，這樣的義務幫忙讓兒子現在教起學生應該都不成問題，這星期四的晚上麥可騎車到台大校園外等兒子放學，這接孩子的事他從兒女幼稚園開始做起，只是車越換越小，車齡越來越大。

「別忘了要認眞教，想辦法幫助他進步，這樣我們賺錢才心安理得，知道嗎？」

「我知道，老爸你就別操心了，這又不是應付不來的大事。」

「那好，我把補習費談完就回去，你上完課自己坐車回來，沒問題吧？」

「沒問題。」

他在老闆家等了一會還沒回來，他不想耽誤孩子上課選擇先離開，同時發了一通簡訊跟老闆說明已開始授課，請回家之後給他電話，談清楚費用的事情，結果又沒下文，他只好再打電話。

「我是麥可。」

「什麼事啊？」

這是標準回答模式嗎？簡訊沒看嗎？麥可兒子已經在你家教你小孩了你沒發現嗎？爲什麼每次都要問他什麼事，眞是搞不明白，這就是成爲企業家的第一步永遠裝傻，那第二步呢？是賣瘋嗎？

沒錯。

「我要跟你談家教費的事，這樣比較清楚。」

「好啊！那你說想要多少？」

「我沒有想要高價，我上網查過了台大的行情差不多是八百元一小時，但我們是朋友孩子也是新手，就收一小時五百好了。」他講完這句話電話自動切斷，接下來電話就不通了，老闆也沒給他回電。

等到九點半時，他打電話給兒子問他家教上完沒，順便問老闆在不在家，請把電話交到老闆手上。

「是麥可啊！剛才我人在地下室停車電話突然斷掉，不好意思，你是不是想談家教費的事，唉！不是我說，這滿街都是大學生在找家教對象，前天還有一個台大的碩士來找我，說一小時只要兩、三百就願意教，我是事先答應你，眞的讓我很爲難。」

「你就別爲難了，我可以叫我兒子不用教了，扣除吃飯坐車，你認爲從你口中講出來的話有沒有人會信，不滿意我說的價錢其實你可以大方的拒絕，我孩子將來也是靠本事吃飯不是要飯，你可以讓他試教一段時間，不滿意可以不用別客氣，也可以今天付他一千元請他別再來了。」

「你別怎麼說，就照你講的價錢，我們先教教看以後有什麼變動再說，至於補習費我看一個月付一次好了。」

這下他感覺不錯，古人云，知錯能改善莫大焉，本來日子就難過，但這下一次付一個月補習費也有八千元之多，可解燃眉之急，他也不敢奢求一次付半年，當下高興的表態。

「那眞是謝謝你，請你把錢放在信封套裡給孩子帶回來，這樣他還可以買兩本好書，參考一下教學方法。」

「你說什麼啊！我是說一個月付一次錢，等下個月再來的時侯我會給他補習費。」

「你有聽說過家教是這樣收費的嗎？有任何一家補習班是上完課以後才收費的嗎？那我兒子在上課之前，還得自己貼錢去幫你孩子補習，你是這個意思嗎？」

「好啦！那就每個星期四領一次好了。」

爲了家教這件事，爲了多一百少兩百這件事，他們前後花了超過兩個星期的時間，所得到的一個結論是沒有公平這兩個字，只有願不願意接受，麥可曾經一個晚上喝酒花掉三十萬，現在回想起來格外諷刺。

被教的孩子上學期總共請過三個家教，成績是班上三十五名學生中的第三十幾名，這事到如今已經過了一個半月，很快就到了第一次段考，成績就可以做爲兌現教學品質的結果，當成績單發下來的當天，兒子從他們家教學回來，麥可很關心兒子的教學效果，也怕別人又覺得花了冤枉錢而四處說不值得。

「兒子啊！教得成績如何？他有沒有進步？」

「有進步，以前不及格的科目這次都可以及格了。」

「那名次呢？排名有沒有向前提升？」

「從三十幾名提升到二十一名，應該還不錯。」

「哇！這麼棒，那他們父子怎麼說？」

「他爸沒說什麼，兒子說自己是天才。」

這就是有錢人的教育方式，沒有感恩，眼裡永遠只有自己的想法跟看法，不會看見別人的努力跟付出，滿腦子就是如何用最賤的價錢取得最大的利益，即使已經是最大的獲益者也絕對不會滿足，到頭來工人還是工人，而對方的孩子卻是以天才自居。

「沒關係，這世界越早看見這些不是壞事，你只要記得這次台北市長是你學長當選，而他是憑藉著什麼條件感動人那就好，陽光不是只停在某一個人頭上，肯用正面迎接他遲早會照到你的臉。」

那次生日聚會上當著眾人的面，拉著麥可的手跟他說，多少錢都願意付，只要他兒子願意教他小孩，一次付半年也沒問題，跟後來打電話不接，切斷電話說在地下室，每星期補習費都是後付，孩子成績進步怎麼多，卻連一句謝謝都沒有的是同一個人，覺得奇怪不奇怪？這樣做人是真的有趣嗎？老闆的孩子看不見嗎？爲什麼老闆的孩子靠補習還是這樣的成績，而麥可的孩子靠自己卻能學會知識，答案就是誠實，會就是會，不會就去問，別學會裝模作樣給自己找麻煩。

寫這篇文章的時候麥可的兒子已經沒幫這位老闆的孩子上課了
理由很簡單因為他在網路上看見這篇文章
那怎麼辦
他們父子倆開心得不得了
又要開始過苦日子了
這是人生中最重要的養分來源
學會看見
真

20／彩虹

掛在遥遠的天空
因為太美
存在的時間又太短
稍縱即逝
掌握難
人一生都會看見幾次美麗耀眼的彩虹
當他來時
放下手邊的一切
欣賞他的美
用盡一切可能將那份感動留在心中

走到今天還留麥可下來做什麼呢？已沒有任何價值了，他除了會做一個掠奪者以外，能給予的都付出了，還需要存在嗎？內心在吶喊跟祈禱。「如果可以，帶我離開這個已經看透的世界吧！早已將自己跟一對寶貝的子女交在上帝的手裡了，我拼盡一生的心力做好父親這個角色，並不誇耀只覺得是應該做的，那麼我現在是到了該受寵招的時候了！」

照顧子女是一生的事，麥可的母親在闔上雙眼前還在擔心孩子，今年兒子考上理想的大學了，女兒也說要回學校重新努力讀書了，從他們身上看見未來自己要走的路漸漸有了正確肯定的方向，兒子喜歡研究醫學，女兒喜歡表演藝術，這些都是好的，只要孩子快樂。而年近半百的麥可呢？他還能做什麼呢？如果現在上帝帶他離開他含笑接受，表示他該盡的責任義務到了結束的時候，是該回天國享福了，但留他下來又有什麼意義呢？現在不用再牽著孩子的手了，不用趴在陽台等兒女放學了，便當也不需要再做了，就連會的知識也沒兒女多了，兒女講的話用的設備很多他都聽不懂也不明白。他老了，身邊還有一隻也快老的狗，唯一能做的就剩下遛狗帶牠上廁所，若想苟延殘喘的留在世上，除了走回老本行其他什麼都不會，遲早會反過來成爲子女的負擔。

女兒暑期去燒烤店做了短期的工讀生，幫自己賺點人生的歷練，這是好事，只是要學會保護好自己，放假回家後會跟麥可講一些工作上有趣的經驗。這是他最愛聽的一部分，這樣女兒跟他才有共同的話題，他最心愛的寶貝女兒，總會有一天知道父親默默的為他掉過多少眼淚。

「老爸，你都不知道有多誇張，昨天來了一桌客人，是一對年輕的男女朋友，最後買單的時候男的裝醉女的滑手機，我喊了三次『買單！要打烊了』，他們兩個都不理我，逼到最後只好敲他們桌子請男的起來，他還繼續裝醉裝大方，說買單沒問題他請客，結果怎麼樣你猜？」

「我哪知道，是不是打電話叫家人來付帳。」

「才不是哩！」

「那最後誰付的帳？」

「他們兩個穿得非常時髦，手提名牌包，用最新型的手機，聊天的過程又大聲的吹噓才剛從國外度假回來，結果是兩個人身上加起來還差八百塊才夠，最爆笑的是連付出來的錢都不是現金，而是百貨公司的禮卷，出門身上都不帶錢。」

「妳上班的對面不是便利商店，可以提款啊！」

「沒錯，他們說戶頭都沒錢，反正就是要賴皮，但保證一星期之內會拿現金換禮卷並補足欠款。」

「你相信嗎？」

「不知道。」

「保證不會來了。」

「爲什麼？」

「行爲告訴我們答案了，男的先裝醉女的滑手機，皮夠厚；敲了桌子不得以醒過來，口袋又沒錢還繼續充大方，皮眞厚；穿著打扮花枝招展就爲了吃男人一頓飯，女的皮也不薄，逼到無路可走只付禮卷還欠八百，這兩人是天生絕配，子彈都打不穿的臉皮，怎麼可能會回頭付錢？別自己騙自己了，叫你們老闆把禮卷買買東西給老婆孩子吧！別指望了。」

「才不一定哩！幹嘛講這樣。」

「你們又沒搜他們身，也沒看他們戶頭，若是有錢都不付沒錢還會再來，別開玩笑了相信老爸，我是見過世面的。」

這女兒帶著半信半疑的眼光看著他，又回自己的房間了，每次麥可都想找話題托住他多聊幾句，兒女大了有自己的交友圈，喜歡跟年輕人聊天，不喜歡跟老頭子講太多話，接連下來幾個星期，女兒放假期間他都會問，對方來付錢了沒。

「都一個月了，眞的沒來，老爸你說對了，這兩個人皮眞厚。」

「記住，將來交男朋友離酒鬼遠一點，沒幾個是好人。」

「啊！老爸，你以前就是酒鬼呀！」

「我沒說我以前是好人啊！因爲妳跟哥哥老爸才學會當好人的，不能給子女做太差的榜樣，尤其是在自己的心肝寶貝面前，可見一個失態裝醉的男生是不尊重女生的。」

「老爸，我有幾個同學都說你好有趣哦！」

「如果妳願意發現老爸有趣的地方，其實還不少譬如……」

「好了，我要去忙了，沒時間陪你閒扯了。」開始跟哥哥學打斷他的發表欲，唉！能溝通的機會越來越少了。

但這件事的影響卻是極其深遠，首先麥可常擔心女兒的安危跟工作環境，所以常常會思考女兒現在的處境會遇上什麼樣的客人，有沒有人會刁難她，她是個心地善良但還涉世未深的孩子。每每想到這裡就想把心情給寫下來，但他從小就不愛這些靜態的事，一輩子寫文章都是爲了應付考試，更別說用電腦打字，注音符號的位置全都記不住，打一篇當時的心情可能要二個小時，心情早就不知道轉到哪裡去了，覺得很懊惱，一次又一次的失敗，但他沒放棄，一定要打出一篇文章來，就算內容不夠精彩用詞不夠洗鍊，但要眞實，沒想到他居然每天坐在電腦桌前，花上七、八小時在練習打注音符號，把女兒在工作上說的事打成一個故事，打著打著就有了當作家的念頭，但書到用時方恨少，沒有滿腹經綸又沒高學歷，不會引經據典又沒一枝可生花的妙筆，誰會想看你寫的東西？他仔細從內心探索，他有値得看的東西，就算不多也是眞心，就是眞心，這値得看，遠遠超過坊間賣狗皮膏藥似自吹自擂的發財祕笈，致富多少招，半民大翻身等胡謅瞎扯爲了騙錢。

這人有目標就是有了活下去的動力，或許留他下來，就是要他去分享帶孩子的經驗，那他還可以再存在幾年或者更久，幫助那些接近破碎邊緣的家庭三思而行，幫助那些跟他一樣但處在掙扎之中的人找尋出路，這樣的念頭爲什麼會在這個時候產生他不知道，早兩年他不需要靠任何人的時候爲什麼沒這個想法？現在兩年過去了，他口袋只剩下幾百塊，這是第二個月他靠押金抵房租了，卻還在不眠不休的打文章，堅信他寫的這本書可以出刊，哪怕只幫助到一個人他都不放棄。但出書不是靠嘴巴，是靠印刷，是靠錢推動印刷機，他翻開最近五年還跟他有連絡的，就兩人，而且都混得還不錯，碰面時常聽兩人談到近年的投資，出手金額幾乎都是動輒幾千萬的事業，應該有機會合作出點資金，在一百萬以內來共同完成這個理想，他把計畫定爲「彩虹的最後一里路」，就開始連絡兩人。

「大老闆我知道你忙，厚著臉皮找你談事，是眞有事要拜託你跟你商量一下。」

「你說說，我看幫不幫得上忙。」

「我想寫一本書當作家，來鼓勵單親家庭努力把孩子帶好，遇到困難也別放棄孩子，這樣的孩子還是可以考上台大醫學院的故事，就是激勵人的眞實故事，今天我帶了五章來你看一下。」

「不用看，沒市場，台灣就是小眾市場沒搞頭，誰管你兒子念哪裡，又不是念北大，那起碼還有點搞頭。」

「他的程度不輸北大生，而且我是鼓勵單親家庭，跟是台灣還是中國無關，大家文字相通他們也看得懂，如果我能鼓勵到中國的孩子也很好啊。」

「這不是你的專業，我不會把錢砸在這，來我家就喝兩杯，等會晚了就在這睡吧！」

是的，這一開始不是麥可的專業，有誰大生下來就是作家？

那晚已經是凌晨三點，他想回家了，但人在汐止，離家有點遠，要三四百塊的計程車費，被朋友留下住在朋友家裡，大選前的日子從中國回來投票，近十二月的天氣汐止的濕冷，朋友沒有爲他準備任何被褥，雖然整夜發抖難眠，但還好他身體經得起刺骨的寒風，上帝早在過去兩年中爲他打好基礎，接近五十歲的人還能一口氣做二百下伏地挺身，一次拉十幾下單槓應該不是容易的事，爲的就是能度過這寒冷的夜晚。第二天中午接受了朋友招待的牛肉麵後坐火車回台北的家，在火車上他想清楚了，朋友或許是好意，不希望他走冤枉路，但路該怎麼走他自己最清楚，不能怪別人不支持，只能說他不了解麥可的決心。

麥可並沒放棄最後一個機會，他自認還有一絲希望。

「大忙人，不好意思，剛才悠遊卡掉了，找不到又回家跟兒子借，騎車晚了才遲到，一直約你，是想談個計畫請你幫忙。」他現在是能省則省，趕緊回頭拿兒子的卡才能騎車免費。

「什麼事？聽你口氣有什麼大計畫。」

「我想寫作當作家，出一本單親家庭可能會面臨的困難跟教育孩子成長的故事，在遭遇到現實心理上的壓力時要小心面對，鼓勵人努力不放棄的眞實故事。」

「台北市單親家庭滿街都是，你的故事有什麼吸引人的？你要想清楚，爲什麼不多去問問別人，我年輕的時候也很想寫歌詞！唱歌不是每個人都是蕭敬騰，不是想唱就會紅，照你這樣的講法那我也是單親家庭長大的，我哥十七歲就送報紙到加油站打工，念台大研究所，那是不是也可以出書，我媽靠洗碗把我們兩個帶大，那是不是也要出書。」

當然可以，麥可從來沒說過別人不能出書，誰都可以做，只是他想做的這件事情是要把心裡的那份感動或者經驗跟人分享來幫助人，就是這麼簡單，而二位舊識要不要參與跟支持？說了許多無關緊要的事其實心態已經很明確了，但他還是很謝謝他們願意聽他說話。

這兩位都是麥可認識超過三十年的人，其中之一麥可參加了他父親的告別式，那年他已經滿二十歲了，參加了他的訂婚典禮，如今母親依然健在，這樣算是在單親家庭長大的嗎？兄長跟母親確實十分令人敬重足以做眾人榜樣，但是蕭敬騰跟他們家裡的人和麥可要做的事關連在哪兒呢？同樣是凌晨三點站在路邊談話，這位昔日的舊識塞了兩萬塊給麥可，在這大半夜裡的馬路上，身上雖然只剩下幾百塊錢跟靠兒子家教的一點點收入撐著，但不同的是這次是騎車回家一路上冷風迎面襲來，他終於清醒了，過去這麼多年的沉澱總算等到這一天了，麥可卻開心的笑了，好多年沒有打從心裡怎麼開心過，他終於心明如鏡了，兩萬塊還在抽屜一毛沒動，等著還那三十年的舊識，彼此應該還會見到對方，因爲他們之間還剩下債務未清，其他的都清的差不多了。

他完全不介意沒人幫他，這是好事，沒有人有義務爲你的理想盡一份力的，除了你自己，他跟孩子也是這麼說，記著，自己的人生一定要靠自己來爭取，不管環境有多艱難。

前述的兩位像是點燃了聖火的火炬傳到了他的手上，讓他接到了最後一棒，馬不停蹄的向前奔跑直達終點，激發了他堅定的意志，否則無法完成這一生都不敢觸碰的夢想，最後這一里路是這麼的光彩奪目，讓他見識到了現實的無情與無敵，居然也可以轉化成力量，麥可日夜不停的寫書，想在自己四十九歲生日前完成，當作送給自己的生日禮物。

今天是２０１４／１２／２６他滿四十九歲，體重只剩下五十九公斤，跟當年做在公園暗自流淚的小胖子不同，當年流下的是懦弱衝動的眼淚，如今留下的是堅強感動的祝福。

若不是遇上過去那所有的艱難無法走到今天
這不是一個成功的位置
誰相信
十五年單親後
能想像到的條件
一樣也沒有
他卻認為這是人生最美麗的起點
在他眼裡看見天邊的彩虹
是希望

後記

一開始寫這本書的時候不知不覺就寫得很沉重，彷彿自己經過時光隧道又回到十五年前的那一天，看見了在世的母親跟前妻的一家人，那揮之不去的感受讓我筆法凌亂有些脫序，甚至是不知自己有沒有能力繼續寫下去，因爲那確實是個不好的回憶，我無法騙過自己的記憶把他寫得很超然，失敗了幾次。

一天想起，自己如果以一個第三者的角度看這件事的經過，會不會比較不受情感的束縛而更接近眞實，遂改變人稱從頭來過，這是一段不長不短的人生經歷。

超過十五年陪伴孩子的單親過程，起初像浮萍般的心情但生活勉強還過得去，後來踏上悔改之路後生活成了浮萍，但心靈卻是踏實的。

我在二十四歲進入房地產這個工作，先從土地開發做起，後轉戰房屋買賣，手上成交過數百件個案，管理過台北市數家店頭，自己也經營加盟店五年，房屋買賣案件的嫻熟度是不用懷疑的，更曾是專業的講師成員，各家公司競邀幫忙上評的對象，預測走勢準確性常在事後證明處處過人，演講收費標準也是極高，實則心生厭倦不想再跟這個工作有任何關連，脫離追逐金錢的遊戲，一心想以帶大子女做爲生活重心。

我喝酒是想把痛苦溺死，但這該死的痛苦，卻學會了潛水。

我曾經掙扎在生與死的邊緣，不是害怕跟恐懼，是被一根責任的繩子拉著我，救了我一命，而我屢次犯錯跟酒都有關係，可見它是切斷責任這根繩子的利刃，當人飲酒到了麻痺自己的意志跟責任心，那就差不多是要犯錯的時候到了，它會像你索取，告訴你不夠，不夠，再來一點。痛苦趁這時悄悄的成長，不著痕跡，又怕被你發現，它精於包裝又會搭配其他的夥伴出現，譬如金錢、美女、俊男、性，讓一顆隱忍多時等待萌芽的種子，瞬間成長綻放成一株帶刺的薔薇，煞是好看卻扎得你滿手是傷，只好再喝，這樣不痛，可是從手蔓延到全身都在滴血且越滴越多，最後你眼睜睜的看著自己被痛苦給吞噬，那時你整個人就叫痛苦，所以開始天天喝，隨時喝，想到就喝，無藥可救，因爲痛苦已經在你心上扎牢了根。唯一的活路就是找回你的責任心，開始拔河。

在毫無外援的情況下，孩子的母親也曾多次伸出援手幫助過我們度過難關，這也是事實，爲什麼說是幫助我並不知道，可能在我心中早把他當成陌生人了。

本書是以事實經過做基礎，情節內容均爲筆者仔細推敲，還原眞實原貌並未弄虛造假，甚至連對話內容有些都一字不差，因爲記憶太過深刻，人物均隱匿其眞實姓名實屬必要，本書重點在書寫單親後荒腔走板脫序行爲，藉由認錯悔改走回正途，並非爲揭人隱私，請讀者莫做過多聯想。

書中情節的連貫性或許還無法達到最好的要求，以作家而言甚或不及格，還請讀者大肚包容，本人一定用心上進改正缺點。

最後謝謝曾經支持與不支持的朋友，因爲有你們我會繼續堅持走該走的路，既使前方布滿荊棘我連滾帶爬也會突破障礙。再次謝謝，我一生最愛的寶貝女兒，是妳的故事幫助爸爸走回正確的方向，謝謝我心肝寶貝兒子，是你的上進證明了父親存在的價值。

Memory

奶奶住在家中與孫子、孫女一同歡樂的時光（另一名女性為外勞）

離婚近三個月後，兒子滿四歲生日

帶兒子、女兒去香港旅遊前的合照

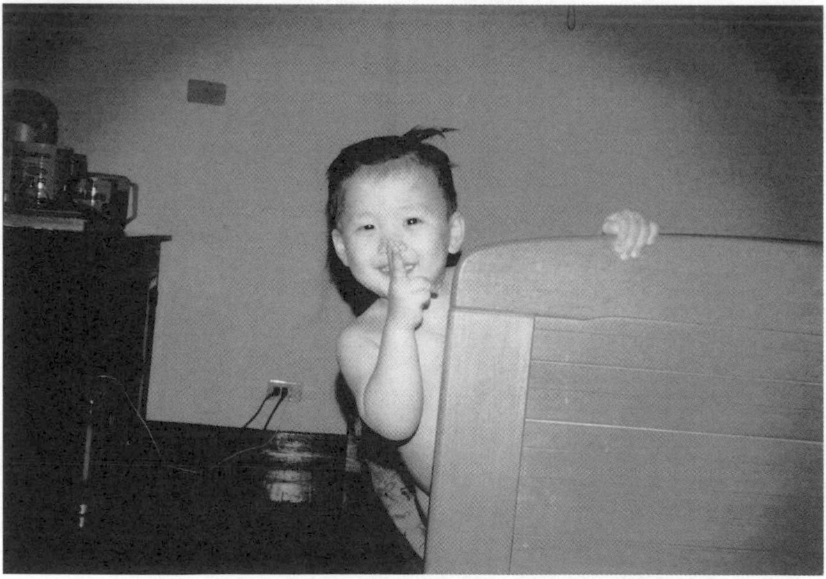

寶貝小美女出浴照

獨自帶著孩子跨越千禧年

胖子老爸帶女兒去遊樂場

兒子小學後，帶他去飛牛牧場

在碧潭執行救生任務時，與遊客的黃金獵犬一同戲水

教導孩子水上救生技巧

帶孩子去陽明山賞花

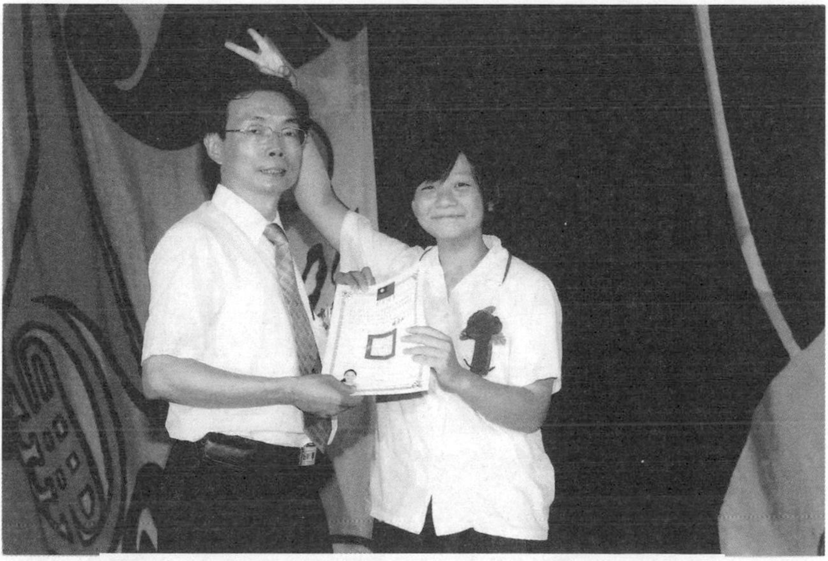

女兒小學畢業，開心地與校長合照領取畢業證書

左：十坪的套房裡將兒子十七歲的蛋糕放在加蓋的窗台上
右：兒子十七歲生日，女兒教我們如何自拍美照

兒子小學二年級，上台表演說唱才藝

兒子小學畢業前往花蓮旅遊

國中時領取台北市教育局認真向學獎助學金

生命風景（15）

跳痛的單親爸爸

建議售價・220元

國家圖書館出版品預行編目資料

跳痛的單親爸爸／思聖 著.　—初版.—臺中市：
白象文化，民 104.05
　面：　公分　—（生命風景；15）
ISBN 978-986-358-136-9 （平裝）

855　　104001529

作　　者：思聖
校　　對：思聖、林孟侃
編輯排版：林孟侃
出版經紀：徐錦淳、黃麗穎、林榮威、吳適意、林孟侃、陳逸儒
設計創意：張禮南、何佳諠
經銷推廣：何思頓、莊博亞、劉育姍、王堉瑞
行銷企劃：張輝潭、劉承薇、莊淑靜、林金郎、蔡晴如
營運管理：黃姿虹、李莉吟、曾千熏
發 行 人：張輝潭
出版發行：白象文化事業有限公司
402台中市南區美村路二段392號
出版、購書專線：（04）2265-2939
傳真：（04）2265-1171

印　　刷：基盛印刷工場
版　　次：2015 年（民 104）五月初版一刷

設計編印

白象文化｜印書小舖
網　　址：www.ElephantWhite.com.tw
電　　郵：press.store@msa.hinet.net